遇见张晓芸

脑洞大开当编剧

张晓芸 / 著

华中科技大学出版社
http://www.hustp.com
中国·武汉

图书在版编目(CIP)数据

遇见张晓芸:脑洞大开当编剧/张晓芸著. — 武汉:华中科技大学出版社,2021.2
 ISBN 978-7-5680-6831-4

Ⅰ.①遇… Ⅱ.①张… Ⅲ.①纪实文学-中国-当代 Ⅳ.①I25

中国版本图书馆CIP数据核字(2020)第270198号

遇见张晓芸:脑洞大开当编剧　　　　　　　　　　　　　　张晓芸　著
Yujian Zhang Xiaoyun: Naodong Dakai dang Bianju

策划编辑:饶　静
责任编辑:饶　静
封面设计:红杉林文化
责任校对:刘　竣
责任监印:朱　玢

出版发行:华中科技大学出版社(中国·武汉)　　电话:(027)81321913
　　　　　武汉市东湖新技术开发区华工科技园　　邮编:430223
录　　排:华中科技大学惠友文印中心
印　　刷:湖北新华印务有限公司
开　　本:880mm×1230mm　1/32
印　　张:6.5
字　　数:116千字
版　　次:2021年2月第1版第1次印刷
定　　价:45.00元

本书若有印装质量问题,请向出版社营销中心调换
全国免费服务热线:400-6679-118　竭诚为您服务
版权所有　侵权必究

○我在什刹海

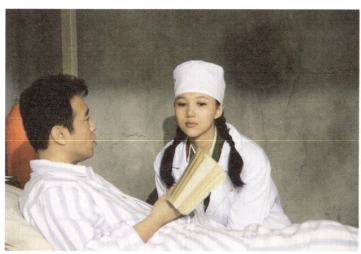
○《幸福在路上》剧照

○《大家庭》剧照1

○《大家庭》剧照 2

○《大家庭》剧照3

○我参加编剧论坛

○缅甸赌石市场

○缅甸金塔

○我去韩国交流

○《明星兄弟》剧照

○《爱归来》剧照1

○《爱归来》剧照 2

○《爱归来》剧照 3

○得克萨斯州街景

○ 我在美国举行作品研讨会

○ 好莱坞

○我与好莱坞著名制片人杰昂(左二)合影

○秘鲁云景

○希腊爱琴海

○希腊圣托里尼岛

○雅典帕特农神庙

○我与阿桑合影

○墨西哥城

○埃及留影

○巴西海滩

○我去《中文侠》剧组探班

○我在澳门大学做讲座

○我在澳门城市大学讲课

○《苹果遇上梨》剧照1

○《苹果遇上梨》剧照2

○《苹果遇上梨》主创合影

○我与著名编剧刘和平老师合影

○我与著名编剧王兴东老师合影

○我与著名编剧海飞(右一)合影

○我与著名编剧全勇先合影

·序

在导演眼里,世界上的每一个人或带着某种使命,或被赋予了某种使命,总之他来到人间是有意义的。

在我眼里,晓芸就是一个有使命感的人。

作为编剧,她是成功的。

作为女性,她是有思想的。

作为合作伙伴,她是灿烂的。

作为剧本的主人,她是自如和奔放的。一个有60万字的电视剧剧本,她可以正着写,倒着写,还可以从中间跳着写。在我们初相识时,她的探索精神让我称奇,她可以问一个紫薇植物专家千奇百怪的问题，那种对大自然的好奇让我惊讶；我们开剧本会时，她可以问一位酒吧的调酒师 60 多个问题，那种对未知领域的探索精神让我感受到了后生的力量，正在疯狂生长。

恭喜我的朋友。在她的新书上市之际，我很荣幸能替她作序。

希望我这位一生都在探索中前进的朋友，事业更上一层楼。

有一种女人的味道，叫富饶。

祝好友山高水长，春风十里。

陈鹏翱

（著名新生代导演，作品《香珀》获第 41 届蒙特利尔国际电影节中国电影竞赛单元一等奖）

· 楔子

近两年,影视剧的热播和盛行成为市场中的一大奇观,编剧这个行业也从幕后跳到了台前。而女编剧的生活似乎在一些人眼中也是非常令人羡慕的,她们大多收入丰厚,时间自由,会开车,会打扮,会生活,懂得锻炼,手机有电,钱包里有钱,拥有好身材以及好的消费观,个人安全感很高。

女编剧大多都有安全感,她们热爱生活,大部分顽强执着,开朗幽默,潇洒又自信。你几乎很少听到哪个女编剧整天苦哈哈地活着,她们总是能发现生活的美,被生活感染,继而去改变生活,享受生活,每天的日子"走心又走肾"。

我经常听到一些女编剧说,下个月去美国西海岸写剧本吧,那儿的公路沿岸鲜花开了，特别能激发灵感；还有的会说，今天晚上看了7部大片，特别过瘾，最后主人公是活着还是死了都记不清了……

的确，编剧的时间是自由的，可以自由支配，而且这种自由也蔓延到价值观上。一般人到了适婚年龄肯定会谈婚论嫁，但是这个圈子里的人似乎没有那么循规蹈矩，于是乎，有的人一直不肯结婚，有的人一直在结婚。

编剧是有思想的，他们的思想体系十分值钱。当我们讨论谁是戏剧的鼻祖时，答案毫无疑问是莎士比亚，而影视剧起源于戏剧，戏剧冲突是体现戏剧性的最高、最尖锐和最集中的形式。没错，莎士比亚是伟大的，他改变了世界。

但"世界"是个伪命题，不是说你去过世界上多少个国家，才算看过世界。有的编剧一辈子窝在家里，没去过什么地方，但是你和他聊天时，会感受到他的知识渊博；有的编剧行程千万里，但他的作品依旧只是狭义上的个人"独舞"。在编剧眼里，世界就在他们心里，他们的心有多大，作品就有多神奇，他们的心就是他们独有的世界。

他们的这颗心，在整个身体里只占很小的比重，但是在这颗心里面，每天都会发生各种奇妙的故事，有的"野蛮生长"，有的"荒野求生"，有的"魂断蓝桥"，有的"黄粱一梦"，有的"死水一潭"，但更多的是"生活不只是苟且，更不是绝望"。于是乎，这个圈子里还流行一句话：每一个编剧都有两个灵魂，一个死去了，一个还活着，那个活着的灵魂会继续工作。这究竟是什么意思呢？我在这本书中会给大家一一解释。

2018年，国内影视市场最热的话题是"崔冰之战"，随之明星收入从幕后被推向了台前，片酬成了老百姓茶余饭后最关心的话题。一般来说，好莱坞一线明星的年收入约为2亿（人民币）；韩国一线编剧的单集稿费约为60万（人民币），但只有少数几个人能达到；韩国一线电影明星拍一部电影的片酬约为400万（人民币），一线电视剧明星拍一部电视剧的片酬约为1000万（人民币）；而日本一线明星的年收入约为3000万（人民币），这其中包括了电视剧、电影以及广告收入。

这么算下来，中国影视最辉煌的时候，所有核心岗位的收入都高于韩国和日本，但是所创造的价值以及中国影视在国际上取得的地位却低于韩日，这个问题值得思考。

目前电影行业里的最高奖项为国际A类电影节中的意大利威尼斯国际电影节金狮奖、法国戛纳国际电影节金棕榈奖和德国柏林国际电影节金熊奖，2018年和2019年的法国戛纳国际电影节最佳影片分别由日本导演是枝裕和的《小偷家族》和韩国导演奉俊昊的《寄生虫》摘得，中国导演几次入围均颗粒未收。在电视剧领域中，中国也基本上是自产自销，很难做到成批量出口。

由于国情不同，很多行业规则和制度也不一样，韩国的电视剧导演一般为电视台的供职导演，所以他们的薪酬多为领取电视台的月薪，但是中国、日本、美国则不同，一般是领取这个项目的整体片酬。

艺术最大的魅力在于它的非标准性。李嘉诚曾经说过，文艺产业他不会碰触，因为艺术是神圣的，而且无法产业化和进行流水线作业。还有一位著名投资者说，文艺产业当然可以流水线化地生产，他就要做这个开创者，可最终的结果是员工辞职、公司倒闭，他的"雷人"言论被无数编剧质疑……

此外，影视圈的行业规则和其他的行业有许多不同之处，举个最简单的例子，对于剧本好坏的认定并不是人们想象中的一手交钱，一手交货，众多的违背受众常识的东西给这个行业带来了神秘感。从事编剧行业20多年来，我创作出了9部电视剧剧本，出版了10本小说，对这个领域还是有一定发言权的。那么，接下来就让我这个资深人士带你们来认识一下这个神秘的行业吧！

"水"莱坞

1. 什刹海的"驴打滚"人生　002
2. 让《教父》活在《红高粱》上　013
3. 世界大导演的出身和经历　022
4. 莎士比亚的剧本也不可能100分　027
5. 此生拒绝当"枪手"　033
6. "文学叫花子"迎来署名编剧的春天　036
7. 剧本的三种写法　040
8. 央视一套黄金档播出《大家庭》　046

"北"莱坞

1. 与韩国忠武路编剧合作　052
2. 参加编剧论坛　058
3. 《青春无敌之美女时代》开机了　063
4. 云南看中医　067
5. 宝石猎人的传奇人生　073
6. 小说市场的五彩天花板VS奇葩天价　078
7. 打造都市热播剧《爱归来》　086
8. 我去国外开作品研讨会　091

097

"好"莱坞

1. 好莱坞剧本会上的小饮料　098

2. 世界各地的"中文侠"　108

3.《中文侠》：海外华人的百年中国梦　115

4. 我与《宝石猎人》　121

5. 价值千金的故事核　131

"未"莱坞

1. 《苹果遇上梨》，2020 坎坷杀青　138

2. 如何把一手烂牌打成好牌？　145

3. 一部电视剧的诞生流程　153

4. 世界很大，你很有才华　161

"水"莱坞

1. 什刹海的"驴打滚"人生

我出生在江苏常州,一个山清水秀的鱼米之乡。我在编剧这个圈子里待了 20 多年,经历了这个市场的起起落落,这 20 多年我只学会了做一件事,就是从用力过猛到云淡风轻。

2001 年,我去了北京。在北京电影学院学习的那段岁月,是我生命中最开心的时光。

当时国内播得最火的电视剧有四个:《大宅门》《黑洞》《康熙王朝》《情深深雨濛濛》。我个人最喜欢的是《大宅门》,因为剧中的人物太鲜活了,每一句台词都让我铭刻于心,也就是从那一部戏开始,我才明白只有编导(编剧、导演)合一的剧才是最好看的,没有之一,因为编剧辛辛苦苦写出的剧本要被导演呈现出来,如果导演的思维与编剧不同步的话,很可能会删减剧本的精华,最终导致呈现出的影视作品打了折扣。

那时的我就特别羡慕郭宝昌老师,因为他可以把人物写得这么鲜活,我立志要做一个像他那样的编剧。之后,我得到了郭宝昌老师的真传:如果你想刻画好你的人物,那么就要采访到足够多的人物。

那时的我住在什刹海,房子是租来的,在一套四合院里面,那里住着形形色色的人,天南海北的都有,什么职业的都有,什么年龄的都有,什么婚姻状况的都有。那一刻,我下定决心要在一年中采访 1000 个人。

划重点:编剧最少要有 1000 个采访对象。

那时的什刹海杨柳依依,位于二环的地理位置让它瞬间成为大北京的翘楚,因为在京城很难找到这么一大片有湖有树,有野鸭,还有小吃的僻静地方。你可以端着一碗炒肝,欣赏着最地道的风土人情。

印象中最深的一件事是我有一次去吃馄饨,进了一家馄饨店,大门上贴着一副对联,上面写着:不要从中国看世界,而要从世界看中国。仔细一打听才知道,老板是一个曾经叱咤歌坛的歌手,在遭遇了一些人生变故后,索性改行开了一家馄饨店。后来我和这个老板成了朋友,他给我介绍了好些采访对象。什刹海这个地方真可谓藏龙卧虎,深不可测。

我的第一个采访对象是一个炸油条的大爷。在北京这个地方,无论是个炸油条的,还是做驴打滚的,似乎都比一般地方的人见过世面。记得我有次吃早餐,大爷问我是做什么的,我答:编剧。大爷淡定地回了一句:"这职业没律师好,律师是开口闭口都能赚钱,你们编剧是剧本通过了才能拿到钱,东西没通过,白写!"我直接将一口豆浆喷了出去,这大爷也太懂行了。

和大爷聊过天,我才知道大爷是四川人,在西藏做生意,在那里待过十来年,做什么生意呢?嘎巴拉!嘎巴拉是什么东西呢?简单地说就是西藏人骨制品,据说它可以辟邪和增加气场。这种东西的需求方在哪里呢?大爷告诉我,是大老板。因为这些人在自己的生命历程中很可能会发生很多不顺的事情,所以急需嘎巴拉来镇店。那一次我们聊了很久,我记录下了一个生意人在言谈举止上的特点,比如他们的语速较快,吐字不太清晰,喜欢用肢体语言,喜欢用震耳欲聋的手机铃声。

影视编剧这个行业其实没有什么固定的教材，我们上课的时候，老师也很少拿着现成的教案，一般来说都是讲解经典的电视剧和电影。让我印象最深的电影就是日本导演黑泽明的《七武士》，几乎每个老师都会拿出来讲，拉片的次数不会低于20次。

在电影学院里面，拉片是一个"上座率"很高又接地气的词，几乎每个老师上课都要拉片，每个同学和同学之间都要完成拉片的作业。也就是在那个时期，我看完了近5000部好莱坞电影。因为一位老教授曾说："如果你没看过5000部电影，那么你就不要上我的课。你也听不懂，我也浪费感情。"

划重点：如果你没看过5000部电影，那么你就不要当编剧。

很多时候，我就坐在什刹海的长椅上拉片。我用两年时间看完了5000部影片，例如《罗马假日》《乱世佳人》《后窗》《西北偏北》《肖申克的救赎》《拯救大兵瑞恩》《猎鹿人》《走出非洲》《教父》《双面薇若妮卡》《小狐狸》《费城故事》《蝴蝶梦》《卡萨布兰卡》《欲望号街车》《日落大道》《十二怒汉》《西区故事》《纳瓦隆大炮》《阿拉伯的劳伦斯》《音乐之声》《毕业生》《巴顿将军》《唐人街》《克莱默夫妇》《金色池塘》

《苔丝》《月色撩人》《雨人》《危险关系》《为黛茜小姐开车》《人鬼情未了》《沉默的羔羊》《闻香识女人》《钢琴别恋》《辛德勒名单》《低俗小说》《四个婚礼和一个葬礼》《阿甘正传》《勇敢的心》《阿波罗13号》《英国病人》《泰坦尼克号》《星球大战》《美丽人生》《细细的红线》《美国丽人》《角斗士》《永不妥协》《卧虎藏龙》《迷失东京》《百万美元宝贝》《阳光小美女》等,这些影片让我触摸到了电影的"翅膀",那时的我下定决心要做一名合格的编剧。

当时的我对于剧本的创作,还存在很多问题,比如笔下的人物不鲜活,下笔很犹豫,内心很空洞。解决问题的唯一办法就是多接触人,多采访他们身上的故事。

自从认识了那个炸油条的大爷后,大爷就一直给我介绍需要的采访对象,于是那几年我采访了形形色色的人,这对于创作至关重要。

划重点:创作来源于生活,如果你胸中无一物,那么你一定不会下笔如有神。

什刹海那里有水,有老宅子、老店铺、老酒吧、野鸭岛、老火烧，无一不透出生活的气息，似乎隔绝了城市的喧嚣，更像一个世外桃源，那时我经常在那里看书、看碟、看野鸭栖息、看人潮汹涌。我在那个世外桃源中完成了创作之路的初步积累。

这个特别的地方给了我特别的记忆，若干年后，我出版了自己的第9部小说《什刹海追爱记》，用来纪念那段特别的日子。

什刹海有很多酒吧，装修风格各有千秋，白天那里一切都沉闷不已，但是一到夜晚便会变得灯红酒绿。这里藏着许多有特殊经历的人，这些人在以后一个一个都变成了我的创作原型，他们向我讲述了一个个自己不曾触及、无法想象，甚至是恐怖疯狂的世界……

一日，"油条大爷"带我去了一家后海的酒吧，说那个老板很有故事，随后我们聊了起来。

这家酒吧的老板是一个画家，他是从中央美术学院毕业的，但是因为人脉稀少，苦于自己的画没有销路和市场，一度沦为要为三餐奔波。他告诉我，特别穷的时候，买画人用一箱方便面就可以换走他的一幅画；但是当他不愁吃喝的时候，别人出20万都买不走他最差的一幅画。他有抑郁症，但是他不吃药，他说吃药的钱还不如买羊腿吃，而且他觉得抑郁症是弱者得的病，自身足够强大就可以扛过去。

他喜欢戴耳环,那种将各种水果脱水后做成的耳环,绿色又环保。有一次,我看见他聊天聊饿了,直接摘下了一个耳环当零食吃了。还有一次,我看见他把一种叫作罗勒叶的东西当成提神剂碾碎之后塞在鼻孔里强撑着作画。他告诉我,这家酒吧真正的老板是个隐形富豪,喜欢云游,看中了画家身上的一些东西,于是招他来酒吧当小老板,平时看门面,管吃管住,但是他在这三年中画的画全部归对方所有,如果可以卖掉,那么收益两人三七开分成。

那天,"油条大爷"带我进了酒吧,画家正好叫了一个文身师给自己文身。

那是在酒吧的阁楼上,一台破旧的风扇不知疲倦地吹着。画家和文身师已经沟通好了,准备把一颗颗钻石文入画家的身体里。

我听完瞠目结舌:"哪来的钻石?"

画家给我解释说,他连吃饭的钱也没有了,但是之前突然有一位从非洲来的旅游者想买他的几幅画,但是对方没有钱,只能用钻石交易。画家本来不愿意,后来觉得这也算一份收入,就同意了。本想着变现后可以改善生活,谁料想那时候的珠宝交易不像现在这么"繁华",画家忙活了三个月还被人骗走了1000元生活费。于是为了纪念这段日子,为了让这些钻石绽放光彩,他竟然决定用这些东西来文身,真是让人大出所料。

文身的过程并不怎么美好,上过麻药的肌肤开始肿胀起来,白白的,木木的,感觉像海水泡过的尸体。接着,文身师开始在画家的胸前描绘图案,阁楼上那只破旧的老电扇吱吱呀呀地响着,那声音让人心烦意乱。画家选的图案是一只豹子,他希望自己像豹子一样凶猛、坚强、所向披靡。豹子的眼睛,文身师用钻石来镶嵌,这种镶嵌是深刻在肉里的,非常疼。虽然有麻药,但是画家的表情依然痛苦。

文身整整花了8个小时,画家整个人几乎虚脱,嘴唇煞白,但是胸前那只沉睡的豹子似乎渐渐苏醒,它的眼睛在幽暗的室内射出了寒夜的光芒,闪着凛冽的光泽,让人不寒而栗。

认识了这个画家后,他又给我介绍了很多个采访对象。于是,我就这样"彩线穿珍珠"一般,把什刹海那些酒吧老板全部采访了一遍。

再后来,这个画家搬家了,我和他断了联系,但是他的这段经历深深刻在了我的脑海里,久久挥之不去。若干年后,我把这个人物写在了我的作品里,他就是《宝石猎人》中汤勇的人物原型。

划重点:接地气的生活是创作的源泉。

什刹海有非常地道的小吃,在后海前沿的胡同里,有一家有着300年历史的小店,没有招牌,里面的炒疙瘩、鸡蛋汤、麻酱烧饼、素肉、卤煮、酱香羊蹄都让人赞不绝口。再往后海后沿走,有一家只有早上出摊的小吃店,里面的豌豆黄和驴打滚是一绝,排队取餐的队伍每天最少200米长,那个老板也很有故事,据说祖上是清朝的一位老中医,后来家道中落,无奈开了餐馆,听说招牌菜里都有一些价值不菲的中药成分,老板想造福大众。

鉴于这里风景如画和"小吃如云",我下定决心,一定要把这些鲜活的人和事全部挖出来,作为自己今后的创作素材。

于是,那几年我不停地搬家,我给自己定下目标,这里的四合院我都要换着住一住,和这一片的街坊邻居聊天"聊透彻了",我就会换到其他的四合院去居住,我把这叫"四度空间"。

所谓的"四度空间",就是说,一个人的世界,如果有了其他三个人的加入,那么就会建成四个人的社会关系,这四个人的社会关系错综复杂,会生出很多故事。这也就对应着剧本里的人物关系。

划重点：剧本最重要的三点，也即人物性格、人物关系、人物行动线。

那个时候的房价很便宜，便宜到租一间四合院内的小平房每个月才200元人民币。在那里，我知道了很多外人不曾了解的故事。

比如后海第九个桥洞下面有个蚂蚁窝，那里面有个大蚁王，它有好多老婆，子子孙孙更是不计其数，很多不服管教的手下对它虎视眈眈。鸦儿胡同有个喜欢喝酒的醉汉，他喝醉酒就喜欢打老婆，但是只要你跟他说，那只大蚁王又被人欺负了，快不行了，他就会立马住手，疯了一样往那里跑，因为看蚂蚁打架是他人生中最大的一件事。

靠近小吃街的地方有一家卖糖饼的小摊，那个小摊主也是个稍有点文化的男人，但后来离了几次婚后干脆改行做生意了。奇怪的是，虽然他和人家闺女离婚了，但是闺女她爹照样买他的糖饼，十年如一日。不但第一个老丈人买，随后第二个、第三个老丈人全都来买，后来闹成了这条街的笑闻。他曾经劝过他们，但对方我行我素，一天不落，随后他也就认了，估计是爹比闺女有人情味。

什刹海的湖中心有一个小楼，据说装修这个小楼在当时花了天价，里面的装潢不亚于阿联酋的谢赫扎伊德清真寺，但是一到晚上就会"闹鬼"，据说曾有个女人在那里上吊了，这个传言传了七八年，最后谜底揭开，原来是一群野鸭在里面叽叽喳喳。据说有人当时要用火把这些野鸭烧死，一个下岗的老北京人看不下去，最后自己承担了抚养野鸭的任务。为此我当年还写过一篇文章，叫作《万只天鹅一个爹》。

划重点：采访这些人的目的，就是要掌握他们的人物性格。人物性格，是剧本中最难刻画的东西。

那时候，我很喜欢一种叫"驴打滚"的小吃。它为什么叫这么一个名字呢？是因为驴奔跑起来会有灰尘掀起，黄沙漫天，所以这个棕黄色的小点心便被赋予了这样一个名称。我觉得自己在什刹海接触过的每一个人，都有一个黄沙漫天、桀骜不驯、不屈不挠的"驴打滚"人生。

2. 让《教父》活在《红高粱》上

编剧初期的路是很难走的,因为没有哪个制片人愿意找一个没有作品的编剧来完成剧本创作,这样做简直不啻自杀。几乎所有的制片人都要找有过许多播出作品的编剧,那么"播出作品"就成了横亘在我面前的一道坎。

划重点:是否有"播出作品"是大部分制片方选择编剧的重要标准。

毕业后的我也遇到了这样的尴尬,但是很快,我就总结出了自己的优势。由于我在 16 岁就出版过自己的小说，因此我有小说作品。

那个时候的市场，虽然有小说出售影视版权的案例，但是出售价格一直有些低迷，一般的版权出售价格为 3 万到 30 万不等，大多小说的成交价格为 8 万元左右。

众所周知，作品最重要的属性就是传播性。一部小说，你成功出版了，那才有可能成为一本畅销书；你放在电脑里，那永远就是一篇学生作文；一部电影，你在院线上映了，那才能被更多人所知；如果没有上映，那只是电影学院的一个学生作业。

后来，我决定用小说这条路来拓宽我的编剧之路，也就是现在说的"用原创来奠定自己的行业地位"。

那时候，我一口气出版了四本小说：《宝贝，对不起》《恋上分手专家》《爱你五周半》《爱情囧途》。在小说刚上市的时候，就有制片人找到出版社，询问和购买我的小说版权，这一点让我心花怒放。

最终四本小说的影视版权全部被售出，我天真地以为它们很快就可以和观众见面，可是我想错了。

我太天真了！其实能从小说孵化出来的电视剧和电影少之又少，能够拍出来的文字作品可谓是"天使"，也就是上帝的宠儿。

本来我写小说出书以及出售影视版权赚了一些钱，原本以为按着这条路走下去，就可以很快走上编剧之路，但是现实打了我的脸。

一般而言，对于自己的原著小说，在出售影视版权的时候我会提出一个条件，就是我要当改编的电视剧的编剧，可是看中我前两部小说的资方都不同意，说我没作品，他们只想购买我的小说版权，但是不让我当编剧。

我很郁闷，但是又无力改变，只能摸着石头过河，继续努力。在出售《爱你五周半》影视版权的时候，我再次提出了要当编剧的要求，这一次资方同意了，后来我们很快签署了两份协议，一份是小说的影视版权转让协议，一份是剧本的委托创作协议。

划重点：出售小说的影视改编权，一定要把改编合同和剧本委托创作合同分开来签署，不要混为一谈。

接着我进入了创作的状态，开始一步步地出整体大纲、分集大纲和 30 集的剧本，但是在我交出前 5 集剧本的时候，制片方通知我这个项目搁浅了，原因是同类题材太多了，需要静观一下市场。

我的编剧工作戛然而止了，沮丧的心情可想而知。

在稍稍整理了一下心情后，我一方面开始写原创剧本，一方面继续写小说，出版。我下定决心，要让我的作品实现大范围的传播，因为小说有小说的受众群，电视剧有电视剧的受众群，如果能在两个领域同时"开化"，那么这部作品的市场传播力一定会很大。

但是小说和剧本有着截然不同的地方，它们的区别在于，小说是"我手写我心"，可以只有 2 个人物，也可以讲一个 20 万字的故事。

但是剧本不行，一部 40 集的电视剧最少要有 30 个人物，而且一般要有三条叙事的主线，所以剧本比小说难写 100 倍、1000 倍。

但不管是小说还是剧本，它都是由人物构成的，所以那个时候的我确定了一个创作方向：我要写形形色色的人，而不是神。

划重点：你要让你的作品在小说和影视剧两个领域同时开花，这样才可以扩大作品的传播力。

那时候，陆陆续续会有一些小的制片人来找我写剧本，但都是价格很低廉的那种。有时候辛辛苦苦写完一个大纲，修改了几遍，到了资方那里却没通过，我既拿不到钱也不能拥有作品的版权，所以忙碌了几个月都是白忙活。

之后，我开始思索突围的办法。最终我下定决心，不再去搭理那些小的资方了，因为他们往往会让你写一个大纲，等到大纲通过之后再签署合同。这个游戏规则虽然是行规，但是我不认可，我不会再去出卖自己的智慧了，我认为这不是真正的机会，而且会把自己的心情搞得很差。后来我决定：即便当不了编剧，我也要写拥有版权的文学作品。

划重点：如果你想签署一份剧本委托创作合同，那么事先要提交一份故事大纲，等大纲通过后，才可以签署合同，这个是行规。

虽然"作战"目标制定了，但是执行的过程却异常痛苦，我在那段时间写了很多份故事大纲，可是没有销路。没有销路，也意味着我的心情很低落。

那么如何去改善心情呢？久而久之，我摸索出一个适合自己的办法，就是看电影，以及了解电影背后的八卦。

那时候我把《教父》看了不下20遍，看电影的同时，我也在了解关于电影的八卦。一切对电影的好奇和认知都是从八卦开始的，比如：

《教父》的美国导演弗朗西斯·福特·科波拉是尼古拉斯·凯奇的亲大伯，但是由于尼古拉斯·凯奇不想借自己大伯的名头出名，索性自己改了姓氏，最终自己还是凭借实力出道，一举拿下了奥斯卡影帝的桂冠。

玛丽莲·梦露很美，但唯一的缺点是她的人中距离太短了，每次笑都会露出牙床。制片人让她反复练习一种不露牙床的微笑，前提是必须保证上嘴唇不动，于是就出现了现在这种我们所熟知含羞的、不露齿的、性感的微笑。

饰演《角斗士》男主角的罗素·克劳出生于新西兰，在16岁之前因为贫穷，他从没住过自己家的房子，从小就给剧组送盒饭。后来他有幸跻身好莱坞演艺圈，凭借《角斗士》一举夺下奥斯卡影帝。

尼古拉斯·凯奇的第三任老婆是个寿司店服务员，是他在用餐时认识的，随后两人闪婚生子。这个接近于天方夜谭的故事曾经一度让所有寿司店的女服务员轰动一时，继而又骚动不已，连续四五年那家寿司店的生意一直名列前茅。

《肖申克的救赎》的导演弗兰克·德拉邦特是一位新人导演，当初他为了自己能当导演，花了一美元买下这本小说的改编权，但是在找演员的过程中连连碰壁，当时的一线巨星布拉德·皮特和汤姆·克鲁斯都因为导演的名不见经传而拒绝出演这部电影，最终与其失之交臂。影片在上映的第一年并没有赚钱，但是却在一年之后奇迹般大火，而演员摩根·弗里曼看出了剧本的价值，让自己的儿子出演了剧中的一个角色，从而彻底打开了他的演艺之路。

《肖申克的救赎》里面有不计其数的经典台词，其中有一句话最震撼人心：有一种鸟儿是永远也关不住的，因为它的每片羽翼上都沾满了自由的光辉。

还有一句：坚强的人只能救赎自己，伟大的人才能拯救他人。

这几句经典的台词曾经让我热血沸腾，让我觉得自己可以在影视这个艺术殿堂里贪婪地遨游，是一件非常奢侈的幸事，而遇到一点困难就退缩，是一个懦夫的表现。那时的我还把自己的QQ签名改为"每个人都要做自己的上帝"。

后来，我又了解到一个发生在张艺谋身上的故事。据说张艺谋当年已经超龄了，但是由于个人条件实在是太优秀，于是被破格补录进了北京电影学院，当时所有的考官都不看好他，只有两位教授坚持。入学后的张艺谋非常刻苦，图书馆里面的书籍，借进借出记录最多的就是张艺谋。有一部日本的影片《鬼婆》（未在中国上映），这部影片的光盘的9次借出记录就来自张艺谋。据说当年张艺谋就是看了这部影片之后，才有了《红高粱》的创作灵感，聪明的他把芦苇荡改为高粱地，一举大获成功。

勇敢的人，拯救自己；伟大的人，才能拯救别人。

不可否认，《教父》《肖申克的救赎》以及张艺谋的励志故事拯救了我。

于是，那时的我再次把自己的QQ签名改为"人一定要做自己的司令"。

划重点：编剧的减压宝典——看书、看电影、看大导演的血泪成名史。

3. 世界大导演的出身和经历

我的屋子里有一面照片墙,上面挂着各种世界顶级导演的照片。我不追星,但我会研究每一位顶级导演的出身、经历以及作品,我废寝忘食地研究这些,旨在给自己打气和注入力量。

把这些大导演的出身和经历一研究,真的让人瞠目结舌,但每一个鲜活的例子都时刻激励着我。

美国导演詹姆斯·卡梅隆(代表作《泰坦尼克号》)原本是一个卡车司机,他的第一个剧本只卖了一美元。

美国导演昆汀·塔伦蒂诺(代表作《低俗小说》)原本是音

像店的一个营业员。

英国导演雷德利·斯科特（代表作《角斗士》）10岁以前居无定所，到处流浪，从来不敢奢望自己有一天可以当导演。

新西兰导演彼得·杰克逊（代表作《指环王：护戒使者》）青年时期在惠灵顿的一家报社冲洗照片，一干就是几年。

法国导演吕克·贝松（代表作《这个杀手不太冷》）的父亲是水上运动的高手，母亲是著名的潜水教练。他在20岁以前都励志要当一名潜水运动员，后来有一次潜水出了意外差点丧命，于是不得不放弃了这个想法，从而转战影视圈，没想到一鸣惊人。

英国导演希区柯克（代表作《后窗》）出生在一个天主教家庭，幼时因为调皮被警察关进了拘留所，所以一生都对警察心有恐惧。他从伦敦的工程学校毕业后，维修了一阵子轮船和电子设备，最终辗转走向导演之路。

希区柯克有一个嗜好，他的电影里面一定有自己客串的一个镜头，但是这个自己客串的角色没有任何台词，这成为他个人作品的一个标志性符号。鲜为人知的是，希区柯克的父亲是一个蔬菜水果店的小老板，他一辈子养了三个孩子，希区柯克排行老三，上面的哥哥姐姐压根不知道电影是什么，谁也没想到这个排行老三的弟弟会在后来成了世界瞩目的大导演。他后来和电影公司的剪辑师艾尔玛·蕾维尔相识相恋，之后女儿帕特里夏·希区柯克出生，但是他的女儿此后的艺术成就也没能超越他的父亲。

那时候电影人谈天说地的地方很随意，大家随便往草地上一坐就可以聊上一个下午。

在这个艺术殿堂里，什么样的插曲都会出现，因为学艺术的人很多时候脑子里都会迸发出新奇的想法，这不叫神经质，而叫作艺术的灵感。

大师们都有灵感，这些大师们的出身以及他们身上的故事也彻底影响了我的思维，我坚定地认为，自己一定可以在编剧之路上闯出名堂来。

划重点：编剧和导演这两个专业并非科班出身就一定能成功，非科班出身也可以大有作为。

那个时候，我身边还发生了一个和导游有关的故事，对我有所启迪。希尔顿酒店的一个北京小伙子在担任领班的时候，曾经接待过一个美国旅行社的老板，出于北京人的热情，他请对方去了长城，临别时美国人留了一个邮箱，说是希望以后还能重聚。

没想到时间一晃就过去了12年，北京小伙子因为女友的原因真的去了美国发展，而且还是在加州。可是谁能料到之后没多久，女友就和他分手了，孤立无援的北京小伙子想起了那个美国人的邮箱。他冒昧地发了一封邮件，没想到对方很快就回了。美国老板说自己已经退休了，但还是介绍北京小伙子去了旅行社工作。工作了一年后，北京小伙子去了一所大学进修，当时现任的旅行社老板说："我介绍一个朋友（女孩）给你认识，以便你在大学里有个照应。"后来这个女孩子就成了他的太太，两个人就这样一路打拼着在美国定居了，目前有了两个儿子。我有缘和这个北京小伙子相识，他告诉我一句美国谚语：不知道天空哪片云彩会下雨。

不知道天空哪片云彩会下雨——这是一句多么好的谚语啊！

那时候，我对《走出非洲》的导演西德尼·波拉克特别崇拜，在上面这个故事的鼓舞下，我给他的团队发了一封邮件，信中写出了我对他作品的理解，以及对他的喜好，还有他之后一系列作品的分析。

邮件发出去之后，肯定是石沉大海了，我也没抱太大的希望，那个时候的我实在和这一行离得太远了,根本不敢期待有什么奇迹出现,但是冒险的种子却已早早种在了心中……

这些事例一个一个激荡着我的心,让我觉得自己有朝一日也可以驰骋天涯,于是变得格外努力,格外兴奋。

划重点:从事编剧这个职业,你需要经过漫长的积累,漫长的等待,漫长的投入,才有可能收获一二。

4. 莎士比亚的剧本也不可能 100 分

在一边研究大导演奋斗史给自己打气的同时，我一边也接到了一些剧本委托创作的合作邀约。那时候的我还没有自己的原创剧本，所以我只能签下剧本委托创作协议，编剧之路走得并不顺畅。

划重点：编剧行业中的协议分为剧本出售协议和剧本委托创作协议，后者对于编剧的权利有一定局限，只有署名权和获得报酬的权利。

当编剧最郁闷的事就是听到资方说你的剧本很"垃圾",你的辩解无人听,我也遇到过这样的事。

那时我正在给一个团队写电视剧项目,一天下午,制片人打来电话,说剧本不合格,需要修改,不能付款,但是他又没有给出很具体的修改意见,只是大概说了些很笼统的意见:一是人物不生动;二是故事不精彩。

编剧最怕遇到这样的资方,因为他们不能提出很多建设性的意见,这种笼统的"人物不生动,故事不精彩"的意见可能在大街上随便找一个人也能提出来。

那天下午,我们四个人前去对方公司开会,一番唇枪舌战,但最后的结果仍是剧本还需作颠覆性修改。我当即表示:我不改了,我退出。

这个项目是一个古装戏,资方一共请了四个编剧来完成剧本,每个编剧都会单独和资方签协议。一般的剧本委托创作协议会约定创作时间、交稿时间、每集的字数、每集的场次、每集的金额、剧本的质量考核标准以及付款的时间。但是协议里面往往有一句最重要的话,就是剧本的质量要资方认可和通过之后再付款,这也是双方经常产生纠纷的主要原因所在。

其实莎士比亚的剧本也不可能是 100 分，因为艺术作品的好坏并没有一个明确的评判标准，1000 个人看红楼梦，会有 1000 种理解，它不像去菜市场买菜，番茄、土豆、大白菜，全部是一手交钱一手交货，唯一存在的纠纷可能是因为缺斤短两而造成的，不会因为质量而起太大的纠纷。

划重点：剧本委托创作协议约定付款的一般行规，是剧本的阶段成果通过审核后才会支付阶段款，如果未通过，不论你改了几遍，资方都不支付阶段款。

但是剧本不一样，一部电视剧里最起码有 30 个人物、三条主线，拿到一个 5000 字的大纲，也许 10 个评委会说"写得不错，可以打满分"。但是一个 50 万字的剧本让 10 个评委打满分的可能性几乎是零，即使莎士比亚的剧本也不可能是 100 分。

众所周知，莎士比亚是戏剧的鼻祖，他在英国享有极高的地位，但是他的剧本也曾一样被资方吐槽过，好在创作者一直不改初衷，所以被搬上屏幕的作品不计其数。

一般来说，影视公司的责编多半是院校毕业的大学生，他们几乎没有作品，但是具备阅读、欣赏和阅片的能力，所以当他们去审读一个阅历比他们丰富、年龄比他们大、作品比他们多的编剧的作品时，很多时候出具的意见比较片面，容易带有个人化的情绪色彩，这一点是公认的。

还有一点是，每个影视公司每年的计划开机数量是确定的，一年两部一般是常态，而贮备项目要远远大于开机项目，所以在对每一个项目评估的时候会存在文字以外的取舍，也会掺杂利益的考量。因此，编剧也要具备文字以外的能力，这一点也是共识。

划重点：影视公司一般会储备很多的项目，但是每年开机项目一般不超过3个。所以一些电视剧项目在孵化的过程中往往会陷入怪圈，这多半是影视公司运作迟缓导致的。

在思索了很多个夜晚以后，我开始了艰难的"原创剧本"写作之路，也就是说我需要把自己想写的故事，用30集剧本的形式写出来放在电脑里，然后再慢慢去找买家。这样做，编剧是需要很大勇气的，因为前期没有人支付一分钱，在体力透支和收入透支的情况下去做这样一件事，没有毅力和恒心往往是无法完成的。

划重点：原创剧本不存在版权纠纷，剧本的版权属于创作方，一旦有资方看中,则属于完整剧本交易,也就意味着交易金额比较可观。

我认为审阅者眼中作品的好与坏取决于以下诸多因素:知识、阅历、修养、人际、眼界、品味、经验、圈子、口碑、从业经历、成长环境、生存环境、世界观、人生观以及人性……所以我当时不再纠结于给资方写剧本大纲了,而是决心写自己的原创剧本。

在写原创剧本的那段时间里,我几乎天天吃外卖。因为我不喜欢吃方便面,也不敢吃辣的,所以只能点海鲜粥,那一年我吃的海鲜粥或许是某些人一辈子的总和,虽然当时写的那个剧本没有卖掉,但是我的写作速度却被练出来了,我可以用80天的时间完成一个50万字、30集的电视剧剧本。

划重点:当编剧不仅要会编织故事,而且还要有质量和速度。

那时候,我夜夜失眠,也看了国内外很多大编剧的自传。我几乎每晚都在想一个问题:目前的我究竟有没有与我同年龄段时的大编剧们写得好?答案当然是否定的。我的朋友经常奚落我,说我自寻烦恼。可是中国有一句古话,叫"求其上,得其中;求其中，得其下；求其下，必败"。我认为一个好编剧必须具备的基础条件，就是高标准、清醒、冷静、善于发现信息的不对称，以及思考的时间永远要大于工作的时间。

划重点：做编剧最重要的一点，就是心态要时刻保持平和和冷静。

5. 此生拒绝当"枪手"

在写原创剧本的时候,我的很多同行朋友其实已经开始做大腕的"枪手"谋生了,看着他们源源不断的合作邀约,我其实并不羡慕。

如果批评不自由,那么赞美无意义。如果人失去了尊严,那么一切鲜花和掌声将与你无缘。

那期间,我也会接到一些小活,日子就在看电影、写小说、写电影剧本、研究合同条款中度过。

一般的剧本委托创作协议上都有这么一条:编剧提交的创作

成果必须经甲方认可后才可以拿到阶段性酬金。众所周知，甲方一般是影视公司的投资方，乙方是编剧方（创作者），但是所有的游戏规则几乎都是甲方制定的，编剧的话语权很小。

记得那一次我接到一个电话，一位制片人想找编剧，她说自己喜欢年轻、有能力、有开创精神的编剧，于是我们见面了。先是对方迟到了，我等了好半天，那时的我很清醒，知道自己人单势薄，所以该退让的地方也只能退让了。聊天过程很愉快，很快谈到了合同，但我看了一下合同心就彻底凉了，想着这个下午算是浪费了。

合同上清楚地写着，该剧本的著作权归属于甲方，乙方只具备报酬权。也就是说，合同上没有编剧署名权，那么对方就是在找"枪手"，不是在找真正的编剧，后续在合作的过程中可能会出现很多情况，比如甲方对编剧写的剧本很满意，但是也不会给其署名，署名的编剧是早就存在的"老编剧"。还有一种情况，就是合同可能无法执行完毕，那么对编剧的付出甲方不会有所保护。

划重点：如果没有署名权，那么合同金额再高，也不要签约，因为没意义。

我当时一看完合同条款就直接说：我退出。可是对方似乎并不死心，一直在挽留我，但是言语挑衅，她说："这是我在给你机会，否则你们这些新人永远不会有出头之日。"我很淡定地回复："我知道，但就算我没名气也不能让你剥削。"

结果肯定是不欢而散。我并不把这个视为机会，我的逻辑是——如果一次次被欺骗、遭遇失望，一个人的心态变坏之后很可能会怀疑一切，那么个人创作的激情也将消失殆尽……

划重点：当一名编剧，最可怕的不是创作思维的枯竭，而是心态的死亡。如果心死了，那么灵魂也死了，很可能不再能写出任何好的作品。

那天回去之后，我就定了一个原则：此生拒绝当"枪手"。

我很庆幸，在从事编剧行业的这 20 多年中，我没有食言。

6. "文学叫花子"迎来署名编剧的春天

机会在 2005 年来了。

有一位制片人辗转找到我,说要创作一部地方台的正剧。所谓正剧,就是根红苗正的电视剧,那部剧主要是为了宣传地方政府,因此地方政府也算出资方之一。

当时我手里正好有一部自己的原创剧本,刚刚完成,制片人看完之后表示很喜欢里面的人物关系,他让我把这个故事和石海母亲的人物原型相结合,重新修改出一个 30 集的剧本,并且直接跟我签署了剧本委托创作协议,随后支付了 30% 的定金。

对方的肯定与认可让我很受鼓舞,于是我很快就签了协议,回家修改剧本去了。

在签协议的环节上,我显得很重视,我在署名条款上加了这么一句话:编剧署名必须在电视剧首播的剧名下方出现,不得以其他形式出现。

这个条款让我想起另一个小故事,是发生在我的编剧同行身上的真实经历。

她和资方签署了一份剧本委托创作协议,上面明确了署名权,但是最后剧集播出的时候,她发现根本找不到自己的名字,几经查找才发现在剧名《大大小小》(化名)的"大"字的空心腿里面,确实写着很小的字:编剧/某某。

这么奇葩的设计,不是一般人想得出的,虽然署名了,但是观众根本看不到;你虽然很生气,可是对方并没有违背协议,作为编剧也不能起诉对方。这件事当时还成了我们圈中议论的一个经典案例,后来每个编剧签协议的时候都会引以为戒。

划重点:剧本委托创作协议上写的金额一般都是"纸上富贵",一定要把编剧署名权看牢。

协议顺利签署完毕之后,我在对方一行人的带领下去了当地实地采风。采风的过程很顺利,我不仅受到了当地政府的接待,还采访到了这个故事的原型———一位牺牲自我情感成全他人的母亲。

采风回来之后,我立马投入紧张的剧本创作中。但是,很快我才知道,虽然我的协议头款拿到了,但是自己最终还是吃亏了,因为这个协议里有很多约束条款,如果我的剧本修改后一直没得到认可和通过的话,那么就拿不到后面的稿酬。

当这部电视剧的编剧我没赚到多少钱,但是我在协议中很明确地约定了自己的编剧署名权,所以当这个电视剧开机以至顺利杀青之后,我的名字是被打在宣传海报和新闻稿中的。最终这部电视剧在地方电视台播出,而且还多次重播,资方也因为这部剧赚钱了,而我也拥有了明确自己署名权的作品,心里还是高兴的。

划重点:剧本委托创作协议里约定的头款一般为总金额的10%,也有20%的,超过30%的很少见,所以你一定要多加小心,看看是不是被拿掉了一些权利;另外协议里约定的总金额一般都是"纸上富贵",你往往是拿不全的,因为剧本可能会被人质疑存在一些缺点,甚至审核没有通过,于是那些稿费也拿不到了。

之后，由我的小说《爱情囧途》改编的电视剧也开机了，虽然我提出要当编剧，但最终资方没同意，不过他们还是请我做了策划人员，多次参加剧本会议，表现出了对原作者的尊重。不管怎么说，能开机也是一件好事情。

从这两件事中我总结了一些个人经验，这里我把签署剧本委托创作协议时要注意的一些事项清晰地列出来，告诉大家：

剧本委托创作协议的核心条款只有两条：1.付款方式，2.署名方式。

付款方式是，指第一批协议款一般是总金额的10%，故事大纲通过之后，由资方付给编剧；第二批协议款一般是总金额的20%，分集大纲通过之后，由资方付给编剧。以后是每完成10集剧本付一次款，每个阶段款一般为总金额的10%，最后还要给全部剧本的修改留有40%的阶段款。

其次，署名方式要有明确说明，必须约定署名人和排名先后顺序，并且最好要写明必须是在剧首的剧名下方出现，不能以其他方式出现。

7. 剧本的三种写法

从事编剧行业20多年来,我创作播出的电视剧有9部,每部剧都拿过奖。获奖的第一部电视剧是《幸福在路上》,我来讲述一下这部剧的幕后故事。

2008年,有一位制片人找到我,让我创作一部都市情感电视剧,对方已经有了分集大纲,他们听说我是个"快手",于是一番辗转后找到了我。

的确,在写原创剧本的那些日子中,我练就了过硬的速度,一部有50万字、30集的电视剧剧本,我只需要80天便可以完成。这个速度在圈子里可谓是凤毛麟角。

划重点：编剧写剧本，不仅要有质量，还要有速度。

记得那次我在北京东五环一家咖啡馆和那位制片人见了面。这是一部30集的都市情感电视剧，演员们都签好了，而且已经定好了开机日期，但是剧本只有5集，所以需要专业编剧介入并完善，于是对方找到了我。

这部剧叫《幸福在路上》，是一部描写二十世纪八十年代的军旅爱情剧，我坚信观众一般最关心的，是人物情感的最终归属以及人物命运线的起伏。

划重点：观众一般最关心的，是人物情感的最终归属以及人物命运线的起伏。

在进组创作剧本的那一个半月里，我以几乎每1.5天出一集剧本的速度往前推进，以至于每天发放到演员手中的剧本全部都是"刚出炉"的，这个速度让全剧组的人惊讶不已。

在创作这个剧本的时候，我始终坚持两点：人物要有纠缠，感情要有磨难。

最终，在有了15集剧本后，我们的电视剧在福建开机了，主演罗海琼、于和伟、韩雯雯、房子斌对这个剧本的评价很高，在顺利杀青之后，大家都成了朋友。

这部戏给了我很多宝贵的经验，我现在一一分享给大家。

通常，一个原创编剧需要考虑的是：故事架构、人物性格、戏剧主题以及商业元素。

但是对于一个马上要开机的电视剧来说，要考虑的并不是这些，而是拍摄过程中的一些东西。这些东西包括合并场景、广告的植入、根据演员的特点进行加戏或删戏、道具的增改、当地场景的植入等。

也就是说，假如这个戏在厦门拍，那么当地的咖啡厅、饭店、酒店以及很多海边的观光景点都是拍摄景点，这些拍摄景点都会在戏里面出现，那么这就需要编剧去景点采风，这样就可以把景点的特色无痕地植入这部剧中。如果当地的商家需要植入广告，比如奶茶的广告、钻戒的广告，我们也需要前往商家的店面拍摄，这时候大家就需要沟通好拍摄角度、拍摄时长等，以期能达到商家的要求。

划重点：电视剧的植入广告是该剧的一部分资金来源，千万不要排斥，并认为这是向市场低头。

这里需要普及一些专业知识，一部电视剧是由资金、剧本、导演、演员和工作人员等组成的。出品人就是这个戏的资方，总制片人就是出品人聘来的资深操盘手，一般这个岗位的人都有资深的行业经历，拥有多部热播剧作为代表作，他们有电视台的发行能力，有演员人脉，有鉴别剧本好坏的能力，由他来决定导演、编剧、演员以及执行制片人的人选。

执行制片人的工作主要是对总制片人的工作负责，对各个岗位进行把控，以及落实生产环节。执行制片人和制片主任是拍摄期间整个生产环节最重要的两个岗位，他们负责和各个岗位的人员做协调。

在拍摄前期，统筹这个岗位的任务非常繁重，他需要对剧本的每场戏编号，然后确定好各种事情，比如：每一场戏需要的人物数量是多少？道具是什么？场景在哪里？拍摄的体量是多少？这场戏拍摄的时间是当天的几点？需要演员几点钟化妆以及几点钟出发？午餐在哪里吃？几点吃？拍完第几场戏再吃？是在汽车上吃，还是在拍摄场地吃？吃饭的时间又是多少分钟？假如天气有突发情况，比如下雨了或者下雪了，不能拍外景，那么备选方案是什么？这时就需要做一个B计划，否则当天所有的拍摄计划都要作废。

导演相当于一个剧组里的司令，负责演员的调配，把控画面的质量、拍摄的进度，以及每晚对于突发情况进行开会讨论等。摄影师是导演的左膀右臂，他在现场也起到了很重要的作用。

接下来就说一下进组编剧的工作，这份工作和坐在家里写剧本是截然不同的。进组编剧需要经常去现场，每天拍摄收工之后还要和导演、演员们开会，根据现场反馈的一些情况去进行调整和修改。

最考验编剧功力的其实是演员的档期，因为它要求编剧会对剧本正着写，倒着写，还要跳着写。

这句话展开来讲，就是说假如一个女主角的档期只有45天，而一部电视剧要拍摄三个月（90天），所以统筹需要先抢女主角的戏份，这样才可以保证她顺利杀青。假如女主角有600场戏的话，那么就需要先把她和别人的戏挑出来先拍，如果剧本没有定稿的话，编剧就需要跳着写，把女主角的衍生戏份提前写出来。

我也是从担任那部电视剧的进组编剧的过程中，学会了几项本领，对于剧本，可以正着写、倒着写、跳着写。

一般的剧本都是正着写，从开头写到结尾。倒着写就是从大结局开始写，先把大结局写完，然后再一点一点往前推。跳着写就是把和主角有关的戏份提前写出来，先拍摄，拍摄完这一组主角的戏份后，然后再写剧本中的其他戏份。

正着写、倒着写、跳着写，这是我在那一年积攒下来的本领。而在这个本领背后，是写废100万字的代价，那一年我在酒店大厅写，在飞机上写，在茶几上写，在咖啡厅写，在饭店的餐桌上写，总之没有一天在自己书桌上写过。

划重点：学会对剧本正着写，倒着写，还要跳着写。

8. 央视一套黄金档播出《大家庭》

在《幸福在路上》之后,我又创作了两个原创剧本,但是在编写这些故事时,我增加了剧本的制片感,也就是说不会再天马行空地写剧本了,要让剧本具备可拍摄性,这个很重要。

划重点:编剧的剧本要具备制片概念,不能上一场戏发生在中国,下一场戏发生在美国,这是剧组一般不容易实现的。

很快,我作为联合编剧创作的另外一部电视剧《大家庭》开机了,这部戏让我和于和伟老师再度合作,二叙友情。《大家庭》

这部剧描写了生活在大杂院里的三户人家在20年的时间跨度中从误会到仇恨，再到尽释前嫌、相濡以沫的故事。这部剧由吕中、于和伟、刘威葳、赵亮主演，获得了2012年度北京卫视的收视冠军。

但是剧本的创作要回到2011年，当时一个业内资深的制片人找到我，他表示看过我的很多部小说，认为我对情感的细腻刻画尤为打动读者，所以希望我可以把自己的情感创作特长融入剧本中，我欣然应允。

该剧本的创作过程也非常艰难，首先是60万的文字量，其次这个故事跨越了20年，要展现大情大爱，而不是小情小爱。在如何展现主题的问题上，我坚持自己的看法，坚持要用当时社会上的"热词"——"高富帅"，将其植入这个年代剧的剧本里。当时有很多反对意见，但是我坚持己见，觉得这样会让观众有代入感。最终，资方支持了我的想法，也使得我在剧本中将其很好地呈现。

这部戏能够取得这样的成功，我认为主要归功于以下几点：第一，演员的表演很到位；第二，情感真挚，朴实的故事让观众动容；第三，剧本扎实，每一处煽情的细节都做得很到位；同时在庆功会上，我也谈到了自己的"坚持己见"，在写这部发生在二十世纪七十年代的故事时,自己运用了当时最流行的热词"高富帅"。

"高富帅"这个词在2011年是非常流行的一个词,我很巧妙地把一个二十世纪七十年代的故事嫁接在了当下的时尚观点上,当时北京卫视的新闻报道说:"《大家庭》被编剧张晓芸誉为'知青版的高富帅',里面每一个男人似乎都可以跻身高富帅的行列。袁刚(于和伟饰)是高富帅,高在敞亮,富在善良,帅在勇气;李劲松(刘钧饰)也是高富帅,高在纠结,富在关心,帅在惦想;张从军(赵亮饰)也是高富帅,高在幽默,富在经历,帅在爱折腾;陈致秋(邵汶饰)亦是高富帅,高在学历,富在才华,帅在原谅。传递'高尚,温暖,纠结,善良'的正能量,也是编剧张晓芸创作的一个特点。"

这部剧带给我的荣誉和掌声让我明白:当你认认真真去创作一部电视剧,得到社会认可之后,你的生活和事业会大为改观。

划重点:可以同时驾驭编剧和作家两个身份的创作者的作品,可以在情感的细腻呈现和人物的生动刻画上,迅速打动观众。这往往是单纯只有编剧身份的创作者所无法比拟的。

记得有一次,我走在街上,听到一对老夫妻正在议论《大家庭》,他们都很喜欢于和伟饰演的袁刚,也都很同情刘威葳饰演的陈涵秋的处境,特别是袁刚的坚毅、隐忍、大度以及痴心的样子赢得了一大群女粉丝的喜欢,并赢得了超高的人气。后来我们双方都进入同一家餐厅吃饭,吃饭的间隙我告诉那对老夫妻,我就是这部剧的编剧,他们很开心地询问我一些拍摄过程中的事情并分享他们对人物的看法,我也一一回复了,彼此还加了微信。

之后,一个很欣赏我的资方找到我,和我聊了很久。他原来在电视台工作,为我指出了一些《大家庭》的不足,同时我也从他那里得知了"如何判断收视率高低"的重要信息。他指着收视率报告,告诉我《大家庭》最后一集的收视率破2了,最终收官达到了2.1的收视率。

划重点:收视率是电视台给投资方结账的重要标准,如果收视率超出预期,还会得到电视台奖励;反之,很有可能没办法全款结账。

记得我们聊天的地方是在河边的一家咖啡厅,这个地方让我想起了很多往事。

我出生在常州，我的家乡有一条小河，溪水潺潺，绿树环绕。

我经常坐在小河边发呆，遥望远方。有一次遇到了一位练内功的老者，银发飘飘，气宇轩昂，他每天只重复一个动作，就是盘腿打坐，不问世事。他曾对我说过两句话，第一句，水为财；第二句，我曾问他在做什么，他答：叩心。

那时我听不懂"叩心"这个词的真正含义，若干年以后，我终于明白，只有叩问心灵、情感真挚的作品，才能称得上真正的好作品。"《大家庭》已经具备了这一点。"制片人这句肯定的话让我信心倍增。

之后，我在什刹海租房住的那段日子里，也是住在湖边的四合院里，每天早上醒来，透过窗户就可以看到杨柳依依。

大概由于出生在夏天，我对水有特殊的亲切感，人生中的每段重要历程都有水为伴，这也是一件幸事。于是，我把自己的这段经历称为"水"莱坞。

"北"莱坞

1. 与韩国忠武路编剧合作

当片约雪花般飞来时,我的头脑还是非常冷静的,因为坐冷板凳的时间太久了,整个人并没有膨胀。那个时候,我身边的一些编剧朋友建议我对所有合约都来者不拒,如果忙不过来,可以找她们来一起"帮忙"。其实这就是找"枪手"来完成剧本创作,但是我认为自己不适合这条路,还是想一个人认认真真地创作。

此外,每一个向我约稿的资方,他们对每部剧的投资都在1个亿以上,这样的投资捆绑了很多资方的利益,一旦有闪失,后果不堪设想,所以我只能好上加好,决不能自毁前途。

划重点:编剧必须要有个人品牌意识,决不能为了求财而毁了底线，否则永无出头之日。

那时，深入人心的韩剧有很多，比如《请回答1997》《那年冬天风在吹》《绅士的品格》《清潭洞爱丽丝》《我的爱蝴蝶夫人》《拥抱太阳的月亮》《顺藤而上的你》等。于是和韩国团队合作成了一种趋势，而在国产电视剧中邀请韩国演员来出演男女一号更成了当时一件时髦的事。

也就是基于这种背景，我很快接到了一个资方的邀请，让我作为一部电视剧的编剧去韩国和对方团队近距离接触与合作。

2012年，我第一次去韩国的忠武路。忠武路其实就是韩国的"好莱坞"，它是一条位于韩国首尔中部的街道，北起钟路区的栗谷路，南至中区、邻近明洞购物区的退溪路。忠武路以一位朝鲜半岛历史上著名抗倭名将李舜臣将军的谥号命名，它是首尔最著名的电影街，此外，首尔的地标世宗酒店及大韩剧场也设在那里，以至于现在成为韩国电影界的代名词，"首尔忠武路国际电影节"便是由此得名。

那一次，我们合作的是一部电影，韩国方有两位年纪稍大的男性编剧加入，我的加入是为了让这个电影剧本的情感更细腻和更好地进行中国本土化。

合作的过程非常人性化，我们进行创作和开会的地方类似于一个露天的公园，公园里有高尔夫球场和一些休闲设施，我们在那里可以随意地聊天。

当然，我们聊得最多的就是电影。

不得不承认，韩国的电影真的很厉害。那时最火的几部大片我都看过，《老男孩》《亲切的金子》《杀人回忆》《双面君王》《圣殇》《狼少年》《晚秋》《汉江怪物》等，都是票房不错的影片。

那次，我跟其中一位姓朴的编剧聊天，谈到了韩国导演，我说自己最欣赏的三位韩国大导演分别是朴赞郁、李沧东和奉俊昊。最后这位导演很厉害，他的《寄生虫》在2019年一举捧获了法国戛纳国际电影节最佳影片奖，以及2020年奥斯卡最佳影片奖，成为韩国首位获得世界三大 A 类电影节奖项的导演。

这里科普一下，谈电影必须要谈到世界电影节，电影节分为 A 类、B 类、C 类，其中以 A 类电影节最为全球瞩目。A 类电影节中又以三大欧洲电影节的含金量最高，A 类电影节包括意大利威尼斯国际电影节、法国戛纳国际电影节、德国柏林国际电影节、西班牙圣塞巴斯蒂安国际电影节、俄罗斯莫斯科国际电影节、捷克卡罗维发利国际电影节、日本东京国际电影节、阿根廷马塔布拉塔国际电影节、埃及开罗国际电影节、加拿大蒙特利尔国际电影节、瑞士洛迦诺国际电影节和中国上海国际电影节等。

我们国家目前获得国际三大欧洲电影节的影帝或影后的有葛优、张曼玉、梁朝伟、巩俐、夏雨、廖凡、王景春、咏梅，其中张曼玉是唯一一个戛纳和柏林的双料影后。

在和朴编剧合作的过程中，我也了解到很多韩国影视圈的内幕。

首先韩国是编剧制，韩国的编剧地位非常高，地位在导演之上，而且是一部剧的核心。韩国的编剧的收入可以达到人民币40～60万/集，电视剧集数一般只有16集，被称为水木剧，他们生产的电视剧质量、话题性、出口率整体高于中国。

韩国的编剧地位高，主要体现在他们可以决定演员，决定导演，决定主场景以及一些制作预算。一般来说，剧本定下来之后是不允许演员在拍摄期间擅自修改的，因为制片人觉得自己花钱是请演员来表演的，不是来现场改剧本的。

韩国的电视剧在开拍之前大都会召开一个剧本围读会，在这个会议上，所有的演员和其他剧组人员全部到场，大家一起研读剧本，有什么问题可以直接向编剧老师提出，现场解答，导演和制片人负责主持会议。

此外，朴编剧还告诉过我这样一个故事，有一位韩国大牌编剧家里来了客人，于是她直接打电话让出演过其创作的电视剧的某位演员来招待客人，这位演员兢兢业业地当了一天司机，毫无怨言。

这个故事让我们中国的编剧震惊不已，因为在中国，被拖欠稿费、无休止地改剧本、加班开剧本会、开机进组、剧本被批，这些基本上是司空见惯的，一切与风光有缘的画面都是大牌编剧才有的待遇，小编剧是可望不可即的。但是在韩国，一切并非如此，编剧是拥有较高话语权的。

划重点：韩国的编剧地位高，主要体现在他们可以决定演员，决定导演，决定主场景以及一些制作预算。此外，演员对编剧老师的尊重不是体现在口头上，而是体现在行动中。

那次的电影合作项目持续了两个月左右，我在首尔待了24天，走访了不少影视公司，也结交了一批韩国影视圈的业内人士。

在和他们近距离交流时,我了解到自己的差距,比如说韩国编剧大都要懂一点服装学和色彩学。

为什么韩剧能让人感到赏心悦目?因为他们的很多环节在细节上都做得非常好,编剧也都具备跨行业的知识。

这是我第一次意识到自己和高手的差距,从那以后我开始留意和学习相关学科的知识。因为一部好的作品,往往涵盖了很多专业领域的知识,比如音乐、体育、戏曲、法律、政治、历史、红酒、茶道、哲学、心理学、服装学、医学、色彩学、食品学、人体学、能量学、星座、血型、五行等。当你将这些东西融入剧本里,观众才可以从人物的身上,从精彩的故事里感受到新奇和吸引力,这样你的剧本才很有可能脱颖而出。

这趟韩国之行打破了我的创作瓶颈期,也让我有了努力的方向。

2. 参加编剧论坛

那次和韩国编剧合作的两个月时间,我们的电影剧本已经有了初稿,之后我们转战北京继续创作。

两位韩国编剧非常喜欢吃火锅,我经常带着他们吃火锅,席间,我们经常聊一些八卦。

影视圈永远不缺八卦。

当时韩国导演金基德的电影《圣殇》非常火,我们就聊起了这个导演。

"他的《空房间》《圣殇》《漂流欲室》都获得过国际电影

节的提名或者大奖，女演员一定要是他自己钦点的。"韩国编剧说的这个"钦点"一词，给人的想象空间极大。金基德的影片都有一种很奇怪的、非主流的、情欲的东西在里面，这和他的出身有关。1960年，金基德出生在韩国农村，很早就辍学在家，但是自幼喜欢画画。为了生存，他参过军、在教堂工作过，最终为了艺术去法国学习绘画，经过了漫长的等待，他迎来了自己的导演生涯。

众所周知，娱乐圈有"潜规则"一说。"潜规则"似乎是个很吊人胃口的东西，但是这个话题经久不衰，不衰的是它的核，变幻的是它的壳。

在和韩国编剧合作的那段日子里，我了解到韩国娱乐圈的五条"潜规则"。规则一：从艺先做"练习生"，训练内容很残酷。规则二：签约之后成"奴隶"，经济剥削很严重。规则三：出道之前先整容，工作强度非常大。规则四：黑道资金也进入，艺人经常遭暴力。规则五：陪酒陪睡很普遍，娱乐公司拉皮条。

韩国编剧说的这些话听得我后背发凉，唏嘘不已。

其实现实很残酷。一般来说，艺术生的就业率是很低的，大抵为2%，也就是说100个人里面只有2个人可以从事与本专业相关的工作，其他的人只能改行或者面临职业死亡。就连就业率最高的洛杉矶，这个比率也只有11%。这揭示了这个行业竞争的残酷性，也预示了很多人将被这个圈子淘汰……

划重点：影视专业的毕业生就业率很低，影视圈的竞争尤为惨烈。

在合作期间，编剧协会举办了一次编剧论坛，我们有幸和香港、台湾的编剧一起畅所欲言。

那次大家聚在一起，我了解到很多影视圈最前沿的信息。一位待在美国好莱坞进行创作的香港编剧告诉我们，百年梦工厂的好莱坞其实已经到了各个岗位细化至极的阶段，据说好莱坞电影里面的替身扮演者都是由各个替身学校选送的，而不是像我们这里的替身演员，需要站在北京电影制片厂门口，熬上一天下来，总会有两三个角色找上门来。群众演员更是对这种生存方式和游戏规则习以为常，可是换到好莱坞，他们可能根本就没饭吃了。这就是竞争残酷的市场！

在和一位台湾编剧聊天的过程中，他给我讲了著名导演李安的一个故事，这个故事对我启发非常大，我想这也是为什么李安可以走向国际的一个重要原因。

李安的《饮食男女》原来设定的男主角的职业是裁缝,而李安的智囊团中有一个精通中文的美国人,他向李安建议,说外国人对裁缝这个职业不是很理解,你应该把裁缝改成厨子。李安听从了建议,也因此使得这部作品很顺利地走向国际并且大放异彩。接下来李安很喜欢《卧虎藏龙》这部作品的原著,准备把它搬上银幕。但是这里面有一个问题,男一号和男二号的戏剧冲突点是拳派之争,但他的智囊团告诉他,"南武当北少林"的设定美国人看不懂,可以把它改成是"为了爱情而战",李安再次听从了这个建议,因此《卧虎藏龙》获得了当年度奥斯卡最佳外语片奖。

李安的这个故事给了我极大的启发,李安是唯一一个拿过奥斯卡奖的华人导演,这个故事后来我分享给了两位韩国编剧,他们也为之一振,随后我们又把电影剧本里主人公的职业修改了一遍。虽然最终这部电影没有被投拍,但是却给我的创作生涯留下了宝贵的经验。

电影剧本数易其稿,这是一件非常正常的事,《秋菊打官司》《霸王别姬》《花样年华》《无间道》,这些经典的电影剧本都曾被无数次调整和修改过。

"这世上不存在十全十美的文章，亦不存在彻头彻尾的绝望。"村上春树的这句话是我在编剧行业支撑下去的唯一力量。

这句话看似平淡无奇，里面却大有文章。在我看来，不是毕业于名校的人就一定能成为名编剧或名导演，这更多的取决于你是否有天分、悟性、忍耐力以及百折不挠的心境，是否有一次又一次虽失败却不死的信心，是否有持之以恒、勇往直前的勇气。

划重点：好剧本都是改出来的，不是写出来的。

3.《青春无敌之美女时代》开机了

2012年之后,网络剧开始盛行,当时《屌丝男士》《钱多多炼爱记》在网络上非常火爆。于是也有制片人找到我,想做一部描写模特行业的网络剧,我这个"文艺怪胎"欣然接受邀请,做了网络剧《青春无敌之美女时代》的编剧。

在剧本创作期间,我对剧中两个角色的职业进行了调整,将其中一个调整为"心跳设计师",一个调整为"修拉链的裁缝"。当时在剧本会议上很多人持反对意见,但是我表示坚持。

为什么要这样修改呢?我给出的理由是为了收视率以及拍摄上的便利。"心跳设计师"的最初职业设定为服装设计师,非常普通，而且场景太固定，我觉得没法激起观众的观看兴趣。但是"心跳设计师"这个职业非常灵活，拍摄场景可以多元化。

划重点：网剧和电视剧不一样的地方在于网剧比较注重台词的网络感，以及画面的电影感，而电视剧的拍摄手法、台词风格、人物设定都较为传统，而且据我观察，二者观看人群的年龄也不一样，网剧的观众年龄一般在 14 岁到 25 岁之间，电视剧的观众年龄一般在 35 岁到 60 岁之间。

最终，《青春无敌之美女时代》的成片效果非常好，演员演绎得也很成功，这个修改对于提高收视率起到了很大的作用。我当时为什么一定坚持作出上述修改呢？

这得从《大家庭》说起。由于《大家庭》的收视率很好，所以之后我对收视率便特别重视，几乎每天都在研究。

在电视剧《神医喜来乐》中有一场这样的戏，喜来乐（李保田饰）被抓之后，为了救助被冤枉的喜来乐，喜来乐之妻一改往日的母老虎形象，仗义又悲壮地把所有罪责全部揽在了自己身上，最终替夫死亡。这场戏就是高潮戏，一般而言，高潮戏的收视率会有所升高。

一般而言，一部电视剧最好每一集都有一个小高潮，小高潮是收视率的关键。一部40集的电视剧，在20集和35集左右，还分别要有一个小高潮和大高潮，这两个功效实现之后，才能迎来结尾。

电视剧《金太郎的幸福生活》也是一部热播剧，讲述了一对小夫妻结婚后和各自父母产生各种碰撞的故事，当年的收视率也非常高。我买来光碟，一集一集看下去，这部剧的开篇平铺直叙，故事一点一点被娓娓道来。但是当男女主角的父母出场之后，由于两个老戏骨的飙戏非常精彩，所以收视率开始节节攀升。从严格意义上来说，我认为这部戏应该叫《金太郎老爸和金太郎丈母娘的幸福生活》，因为两个老戏骨的演绎实在太精彩了。随后的一集中出现了一个戏剧化的情节："男主角金太郎的老爸由于摔伤了大腿无人照顾，无奈搬到了女主角的母亲家住，由于小两口结婚后一直跟着女主角寡居的母亲住，这四个人同在一个屋檐下，发生了不少啼笑皆非的故事。"亲家公住进了儿子的丈母娘家，这在当时的电视剧里还是头一次出现。

看到这个细节后，我断定这一集的收视率会比较高，随后我还画出了这一集的收视曲线图，紧接着电视台公布了该集的收视率，和我预测的几乎一模一样。这个例子给了我巨大的信心，让我对市场的判断更加敏锐，从此对收视率的研究更加一丝不苟，并且把它列入创作时重点考虑的因素之一。

所以，这也是我为什么要在《青春无敌之美女时代》的创作中，坚持把男二号的职业改为"心跳设计师"的重要原因，事实证明这是正确的。

在电视剧《亮剑》中，男主角李云龙有一场这样的戏：李云龙的新婚妻子被日本人给抓走了，李云龙得知后追了过去，日本人把他的妻子绑在了炮楼上，逼他就范。李云龙在选择"是要国家，还是要老婆"的命题上，毫不犹豫地选择了要国家，于是自己亲手炸死了炮楼上的日本人，但是自己的妻子也一并死去。这是非常震撼的一场戏，这场戏是这部剧的小高潮，这个高潮既能彰显正能量，又能顷刻间刻画人物，对于人物的塑造起到了事半功倍的效果。

对其他电视剧的分析和研究成果，我全部用在了《青春无敌之美女时代》这部剧的创作中，播出时确实取得了不错的效果。

4. 云南看中医

剧本的创作非常耗费体力,所以在工作了 12 年之后,我的身体不幸出现了问题,皮肤过敏,一直也不见好,无论是吃中药还是西药,都不见好转。

在调养身体的阶段,我听说影视圈又发生了一些事。

当年的电影市场非常不景气,也没有《战狼》《红海行动》等高票房的大片,据说写电影剧本的人每天都在贫困线上挣扎,还有的编剧穷得打零工,甚至还有的靠借钱度日。

听说有一位出道 5 年的电影编剧,因为整日生活不规律,最终得了胃癌，去世了。去世的时候他竟然还欠了资方5万元钱，据说是因为没交出来剧本。

但是最常见的一种情况是，编剧白天上班，晚上回家兼职创作。这种高消耗的劳动，最终让许多人吃不消了，纷纷转行，能坚持下来的人很少。

在那些年里，我一个人埋头写剧本，一共写了2个原创剧本，每个剧本平均由20个人物构成，那么就需要刻画40个人物，我写得很开心，同时也很累。

在找买家的过程中，对方一般会提出许多修改意见，有些修改意见根本没办法参考，比如必须让每个剧本的人物增加到28个。

老天，要让20个人变成28个人，可不像说一句话那么容易的，甚至可以说，如果往整个故事里加8个人进去，那不啻重写。因为每个人物都要和周围的人物发生人物关系，他不可能一出场就自己跳独舞，自己和自己说话，自己和自己打架。

为了把这8个人物加进去，我也费了很多脑筋，但是我这个人遇到困难不太喜欢和别人商量，我享受独闯难关的过程。当我费尽心力把8个人物全部完整地塞进故事里之后，发现故事倒是完美了,可我却被撂倒了……

我的颈椎出了问题,颈椎错位,头晕眼花,走路乱晃,左脚好像踩了棉花,身体重心严重偏移。于是我找了一家附近的中医院按摩,结果到了之后碰到了一个有趣的现象。

那里面有好几个编剧都在按摩,有的是按颈椎,有的是按腰椎,有的是眼睛出了问题。这家中医院在北京很有名,地段好,所以生意兴隆。一个男中医师对我说,每周都会有五六个编剧预约来按摩,有的还边按摩边工作。

由于按摩床的脸部位置有个大窟窿,所以当患者趴在床上的时候,脸部可以在窟窿里面透透气,因此有的编剧就把笔记本电脑放在床下面的地上,一边看电影一边按摩,久而久之,就连按摩的医生都知道了很多大片,譬如《美国丽人》《老兵》《桃色追杀令》《双面薇若妮卡》等,这些影片大都没在中国公映,需要通过内部渠道获得。一旁的按摩师常常也看入迷了。

我的按摩师也向我要影片看,于是我们达成了一种默契,我免费给他提供影片看,他会多送我20分钟的按摩时间,原本一次80元的按摩只有40分钟,但对方为我按了60分钟,这20分钟里,他会给我普及一下保健知识,比如应该吃什么,平时要怎么调理，什么叫气虚，什么叫阴虚，什么叫阳虚，什么叫心脑血管疾病等。

那段时间，我学起了中医知识，买了好多的中医书来研究，就当是体验生活吧。

长期伏案写作的人，一般都有颈椎问题，我一扭脖子，里面就会响，听起来很吓人。我也去过很多医院，但是效果不好。有一阵子，我甚至天天早上六点起床，只为了去挂一个老专家的号。

我有一个朋友的颈椎病很严重，经常头晕，有一天晚上工作到深夜，她突然身子一硬，直挺挺倒了下去，幸亏那天我去她家串门，赶紧打了120，把她及时送到医院抢救，避免了一场意外。后来和医生聊天，我才知道原来脑梗的发作很大一部分原因是颈椎缺血，不是因为高血压和高血脂。

以前我总是觉得脑梗、心梗都是老年病，我们还年轻，和我们没关系，但这是错误的，颈椎病可以造成脑部的供血不足，从而形成突发脑梗，所以建议不要采取蜷缩的姿势睡觉，最好舒展身体，选择舒适健康的睡姿，避免颈椎、腰椎变形造成脑供血不足。

不知道从什么时候开始，我的脸颊、下巴、脖子上出现了一片红疹，有时候很痒，我先是去看西医，西医说是过敏了，给我开了抗过敏的西药，这个药不贵，刚开始吃还是有效果的，但是停药后又会复发。我随后又去找了那个西医，对方还是一成不变地给我开了这个西药，事后我才知道抗过敏药只能吃两周，两周之后便会产生抗药性。

真是让人恼火！于是我自己上网查，网上有一篇文章建议过敏最好是去看中医，系统地调理一下身体。我不知道对不对，但已决定去看中医试试。

编剧圈中有过敏症状的人还真不少，过敏是免疫力低下的表现，和过敏体质的关系不大。我经常听很多人说前几年吃鱼虾是没问题的，但是最近几年不行了，一吃就过敏。我认为"过敏体质"是个伪命题，每个人都曾健康过，只不过因为熬夜、不运动、吃垃圾食品以及长期服用药品，导致身体内部储存了大量的毒素，致使淋巴系统排毒工作减缓，于是这些毒素不能及时从身体中代谢出，从而导致免疫力下降。

那时我的朋友都在给我推荐好的中医，可是看遍了北京的好中医，对方都是只留给我一句话：胃寒脾湿肝火旺。开的中药200元一副，但是吃完好像什么作用也没有，真是令人崩溃。

两个月后的一天，我的一位云南朋友给我打电话，告诉我那里有一个很有名的中医，这位中医的父亲是"云南王"龙云的私人医生，所以一家人都医术精湛。朋友建议我过去看看，于是我当天下午就买机票飞了过去。

在昆明的一家小中医店内，我见到了这个医生，虽然他已经60多岁了，但是看起来只有40多岁，气色红润，眼神矍铄，保养到位。这个医生给我号了脉，然后给我开了几种中药，都是配好的粉末，他说云南的中药是全中国最好的，很多中药是独一无二的，而且我的身体湿气太重，排湿是第一位的，另外我的脾胃太弱，需要调理，这两个症状治好了，过敏症状自然会好，而且不会复发。

由于还需要扎针灸，所以我就在酒店住了下来，一边治病，一边散心游玩。我在朋友的带领下去了缅甸，正好赶上一年一度的翡翠公盘，那也是我第一次接触翡翠，从此开启了不一样的人生。

划重点：任何疾病、任何经历，都可能成为编剧的创作素材。

5. 宝石猎人的传奇人生

众所周知,缅甸是世界上唯一一个出产宝石级翡翠的国家,云南的瑞丽市紧邻缅甸,我们乘飞机从昆明去芒市,又由芒市乘车到瑞丽,然后从瑞丽出境来到了缅甸。

缅甸的曼德勒在每年会有一次翡翠公盘,全球的翡翠商人会从世界各地来到这里,而缅甸商人会把自己家里贮备的各种赌石拿出来交易,你可以在这里挑选到性价比很高的翡翠。

赌石就是翡翠的原石,由于外面包裹了一层厚厚的青黑色外皮,因故得名——赌石。关于翡翠,我来普及一下,从科学的角度来讲,地下矿石中渗入了铬离子,就会成为绿色的翡翠。翡翠属于玉石的范畴，不属于宝石，宝石在西方一般被划分为钻石、红宝石、蓝宝石和祖母绿等。

近10年来，中国涨价最疯狂的不是房子，而是翡翠。北京房价从2000年的均价每平方米3000元涨至现在均价每平方米6万元，仅仅只涨了20倍，但是翡翠在这10年里涨了上千倍。以前一枚20元的玉佛吊坠，现在最少要2万元才能拿走；以前一枚玻璃种的满翠戒面标价才400元，可现在标价80万元进货商还打得头破血流；前阵子佳士得拍卖行用2亿元拍掉了一副老坑满翠的耳环，可这要是放在10年前，5000元就搞定了。人们常说这人间的悲剧有二，一为美人迟暮，二为帅哥发福。我认为，其实还有三，三为错过翡翠嚎哭。多少人赶上了翡翠如石头一样的售卖价格却又将其拱手相让，白白错失了身价倍增的机会。

翡翠如美女，未嫁已倾城。所以疯子买，疯子卖，还有疯子在等待。这个行业才是真正的"疯狂的石头"。

我见识到了一幕幕的疯狂行为。有的人花60万元买了一块赌石，结果打开之后是价值几个亿的帝王绿翡翠，也就是说他中了1000年一遇的头彩。而有的人花了6000万元买了一块已开窗的成色非常好的赌石，绿色和水头很足，谁料打开以后却是百年一遇的"狗屎地"。"狗屎地"是俗语，其意思就是绿色的翡翠里面夹杂了很多黑色杂质，黑色杂质使得帝王绿的成色一文不值。

在我的印象中，珠宝商应该是脖子上系着一根手指头粗的大金链子，手上满是戒指，走路耀武扬威，远远望去满身是肥肉其实浑身是心眼的家伙。然而现实中却不是这样，曼德勒集聚了很多长相斯文、正值年轻的帅小伙，他们自己开店，懂好几国语言，主要在东南亚经营珠宝生意。

那时，我不知道自己接触到了一个很棒的题材，而且这个题材独一无二。

划重点：任何一个信息不对称的行业，都有可能成为爆款题材。

我住在靠近珠宝街的一家酒店里，这家酒店里面住着很多来自东南亚的珠宝商，我和一个缅甸的小伙子聊了起来，他大概二十四五岁，个子不高，寸头，头发被焗成了栗色，看上去像光头。为什么要弄成这样呢？因为他们经常去深山老林寻找宝石，几个月没法洗澡，于是只得把头发剃光。

他叫阿桑，祖上是云南曲靖人，自爷爷那辈就早早去了缅甸谋生，他学历不高，会说云南话，普通话也不错，初中毕业后就跟着哥哥做起了珠宝生意，起先最早是批发和零售翡翠，后来随着红蓝宝石和祖母绿的身价倍增，也开始做彩色宝石的生意。由于翡翠最初不被外国人认可，所以彩色宝石在国外比较受欢迎，但随着翡翠价格一再飙升，翡翠堂而皇之登上了国际市场，因此阿桑也从一开始靠借钱创业到身价数千万，经历堪称传奇。

缅甸翡翠公盘从1964年开始举行，当时是珠宝交易会，后来慢慢演变为现今的公盘。每年三月，所有缅甸的翡翠商人都会把自己的看家货拿出来公开叫价，公开交易，全世界各地的珠宝商人都会集聚在缅甸首都内比都，为期10天左右。

由于翡翠属于不可再生资源，缅甸政府对翡翠资源的管理非常严格，只有通过公盘才可交易出境，其他一律视为走私。

但是有些翡翠商人依然会选择走私，因为如果正常纳税的话，税款比货价还高，一般商人根本无法承受。

阿桑就是这样的一个人，这类人最早被叫作"宝石掮客"，目前国际上对此还有另一个名称——"宝石猎人"。

那次我在云南待了两个月，皮肤过敏终于被治好了，期间三次过境去了缅甸，还去了出产赌石的矿口，采访了很多的赌石商人。我和阿桑互留了联系方式,接着我从阿桑那里了解到一个截然不同的世界,这也为我日后作为联合编剧创作宝石题材的剧本立下了汗马功劳。

划重点:编剧要多和自己专业以外的人交朋友,增加自己的知识面。

6. 小说市场的五彩天花板 VS 奇葩天价

从 2012 年开始,小说作者的影视版权出售迎来了一个回暖的局面,真正的出售高潮在 2016 年到来,你可能听到过这样的新闻,谁的小说的电视剧版权卖了 300 万元,还有谁的小说的电影版权卖出了 1000 万的天价等。

我记得某位大咖曾说:这个圈子没有天花板,所以走过路过不要错过。

可我想说的是,这些都是个例,很多小说的实际情况其实远非如此。

为什么这么说呢？我现在来讲两个发生在身边的真实例子。

我认识一位小说作者，是很红的网络作者，他有一本玄幻小说被某家大影视公司看中了，并且洽谈好了版权出售事宜。但是就在即将签合同的时候，一切戛然而止。我一问原因才知道，原来这个小说作者没有小说作品的著作权。

既然是小说的作者，为什么没有小说的著作权呢？因为他是某网站的签约作者，他和网站签订的合同中有一个条款，就是他创作的文字成果的著作权归某网站，但是由著作权交易产生的市场效益，甲乙双方可以平分。

划重点：小说作者不要轻易签卖身契，否则后果不堪设想。

我还认识另一位小说作者，他的一本小说的电影版权被某位知名大导演看中了，但是大导演找不到这位小说作者，于是先找到了出版社，随后出版社对小说作者说："我去帮你谈，会比你自己谈的价格高。"于是摸不着门道的小说作者同意了。很快，出版社和大导演谈好了，双方也签署了合同，成交价格是360万，但是出版社只给了小说作者9万。小说作者不满，出版社回复说："小说的电影改编权只卖了9万元，但是电影剧本卖了351万。"

小说作者非常愤怒，一直在闹，可最终还是不了了之。

为什么会这样呢？因为这个出版社是进行的打包谈判，也就是说，他首先说自己拥有小说的版权，接着表示自己有一个根据小说改编的电影剧本（临时找人写了一个电影剧本），不管这个剧本好不好，有总是比没有好的，毕竟有与没有是一个问题，好与不好又是一个问题。于是，出版社用拥有版权和电影剧本两个筹码签下了一笔价值360万人民币的大合同，可小说原作者无疑亏大发了。

划重点：最好不要让任何人和任何公司代替你去谈判或者签约。

从1992年开始写小说以来，虽然我经历过艰苦的岁月，拿过低廉的稿费，有过痛苦的煎熬，但是耕耘了这么多年后，我也终于迎来了2016年的高价版权交易时期。

我创作的《喜鹊人生》《苹果遇上梨》《爱情囧途》等都赶上了高价版权时代，成交价格很令人欣慰。

其实，我觉得市场价格是真正衡量这部作品价值高低的标准。作品能被市场认可，对创作者而言也是一件欣慰的事。

我自入行之初就非常注重学习，在听说了某人的被骗经历后，就赶紧拿个小笔记本记了下来，久而久之，这个行业中的陷阱、圈套我都渐渐了解了，也能做到快速识别。

记得在签署《苹果遇上梨》小说版权许可使用合同的时候，投资方希望买断我五年的电视剧改编权，但是我始终坚持三年，也就是说，在三年的期限内如果对方没能把原著小说改编并拍成电视剧，我有权利寻找其他的买家。

划重点：小说一般具有八大改编形式，即电视剧、电影、网剧、话剧、舞台剧、漫画、有声读物以及游戏。我建议每种改编形式的改编权授权年限最好不要超过5年，3年为宜。

考虑到授权期限，资方加快了对《苹果遇上梨》的运作速度，电视剧很快就开机了，随后也顺利杀青。

后来，我陆续在各大高校开展讲座，一直有朋友询问小说改编影视剧的注意事项，在本书中，我也想来详尽解答说明一下。

一般来说，成熟的编剧会先出版小说，来明晰这个故事的著作权。小说公开发表的时间是作者拥有著作权的一个关键证据。

众所周知，这一行有很多侵权官司，法官给出判决的主要依据三点：1. 是谁的作品发表在前；2. 是否有过接触（意指一方是否看过或者接触过对方的作品）；3. 是否有关键性相似（一般有60%以上的内容重叠，法院将判定为抄袭）。

划重点：每个编剧都可能会遭遇侵权官司，所以掌握一定的与著作权相关的法律知识是非常必要的。

如果你孵化了一个自认为很不错的故事，那么你可以先出版小说，明确作品版权，日后万一有人恶意诉讼，那么这本小说的出版时间和出版内容就是你胜诉的关键。因为市场上的恶意诉讼太多了，出于各种目的的官司也烟雾缭绕，让人辨别不清，所以学会保护好自己很重要。

此外，如果你的这本小说被影视公司看中了，那么其中涉及的每个版权最好一个一个出售，不要一口气全部打包卖掉。

一般而言，小说作者拥有这本小说的电视剧改编权、电影改编权、网络剧改编权、话剧改编权、舞台剧改编权、游戏改编权、漫画改编权以及有声版权等。大多数情况下，影视公司只需要电视剧改编权和电影改编权,但是谈判的时候他们往往会打包一起买,这个时候作者们一定要冷静,一种权利最好单独签署一份合同(明确每个版权的出售价格),不要将四五种权利一起用一个合同签掉,这样很吃亏。

此外,许可他人使用改编权一定要约定好年限,比如只卖三年或者五年,不要答应永久出售版权。

如果有小说发表在前,这时编剧又有了30集剧本,那么在交易上就存在优势,也就是说,作者可以只许可他人使用30集剧本的改编权和拍摄权,其他的权利仍然是作者本人的。

原创剧本的买卖也存在一样的问题,原创剧本的表现形式是剧本,不是小说,但是它依然拥有那几个改编形式。也就是说,一个30集的原创(电视剧)剧本可以被拍成电视剧,也可以被改编成电影,以及话剧、舞台剧和游戏等。所以在签署合同的时候,你一定要记得把电视剧拍摄以外的权利约定清楚。

著作权人许可他人使用小说的改编权,并不是把所有权利出售给对方,也不代表资方付了一笔款项后,就永久拥有这部作品的著作权。

委托创作剧本和原创剧本不同的地方在于,委托创作合同中,编剧只具有署名权和报酬权,著作权是属于资方的。也就是说,即便合同执行不完,那么著作权也是资方的,编剧是无权带走的。而原创剧本的作者拥有的权利会更多一些,主动权也更大。现在影视市场一直鼓励原创,编剧不仅要会写,还要有通盘考虑问题的能力以及强悍的执行力。

由于我同时拥有两个身份,一个是作家身份,一个是编剧身份,所以我的作品一般都是先出版小说,再自己改编成剧本出售,因此我在交易时的话语权也较大一些。我鼓励有能力有想法的编剧多多投入原创剧本的创作中,我觉得如果这种现象成为一种趋势的话,那么对于目前的电视剧市场会起到推动作用。

原因有四:

其一,原创是剧本的生命力。如果一个国家改编和委托创作作品的比例大过原创作品的比例,那么我认为这个国家的电视剧市场是不具备竞争力的。

其二,一个30集的剧本已经具有完整的故事架构,即便是提意见也应从整体出发、通盘考虑,这样的意见会比大纲和分集阶段的意见更具有操作性,不走弯路。

其三,开拍的概率可达90%。

其四,著作权清晰。会大大减少编剧和资方之间的纠纷。

划重点:如果小编剧想有出头之日,最好的捷径就是写原创剧本。

7. 打造都市热播剧《爱归来》

在国内影视圈高歌猛进的时候，不得不说到一个阶段——中韩蜜月期。记得在蜜月期的那两三年，有大批的韩国编剧漂洋过海来到北京，朝阳区的望京是他们的集聚地，那时望京有不少韩国餐厅、韩国小吃店、韩国洗衣店，甚至还有韩国人开的电影院和幼儿园。

在那一种甜蜜的状态下，我作为联合编剧创作了电视剧《爱归来》。这是一部现实主义的都市剧，女主角的出演者是出演过《红海行动》的冯文娟，男主角的出演者是权相佑，女二号是出演过《都挺好》的李念，男二号为王耀庆。这部剧讲述了一个遭受地震创伤后失去记忆的总裁和两个女人纠缠不断的情感故事。

由于故事一开始涉及地震，地震现场的拍摄我们特别请了韩国的专业人士做现场督导，全组的演员都非常敬业，在和他们合作的过程中，我感受到了韩国团队的专业。

这部剧在北京拍摄，所以拍摄过程还算顺利。在这个剧的拍摄中，我很欣赏李念的表演，觉得她肯定能再次大火，果然，很快她在《都挺好》中就有了亮眼的表现，迎来了人生的第二次爆火。

那一年我特别忙，有3部剧同时开拍。其中我作为联合编剧创作的轻喜剧题材的《和平的全盛时代》那一年也杀青了，这部剧的故事内核被我形容为"'屌丝'的三个女友和三个妈"，整体风格非常轻松愉快，拍摄现场也是笑声不断。

由于那个时候广电总局即将下发文件，规定所有的电视剧以后不能四家联播，只能两家联播。但是这部由任重、姚笛、何赛飞、王倩一主演的电视剧最终在天津卫视、安徽卫视、广西卫视、河北卫视同时播出了，让我这个编剧都有点不相信自己的眼睛。

划重点：编剧小白注意了，目前的电视剧首轮播出只能在两家卫视和一家网站播出。如果有制片人跟你吹嘘，这个项目有可能卖给四家卫视，那么这显然是不切实际的。

就在我在剧组内忙得焦头烂额的时候，我的一位业内好朋友给我打电话，说她离婚了，要我去找她，她着急见我。我感到似乎出了什么大事，便让对方来找我，最终我在剧组的房间里见到了我的这位朋友。

我的这位朋友是一位小有名气的小说作家，虽然入行很久了，但是业内经验实在不敢恭维。她有一部小说，一共出了四部。前三部在市场上均是不温不火的，后来第四部小说突然大火，于是影视公司蜂拥找来，要求购买影视版权。

由于她之前签了"卖身契"，所以这部小说的版权属于出版社。我的这位朋友气不过，执意要自己和影视公司签协议。签完协议之后，出版社很快就知道了这件事，找了过来。我的这位朋友一点也不怕，她选择和出版社打官司，要求解除"卖身契"。

影视公司不会管那么多，他们是生意人，只要这部小说有粉丝有市场，他们买到价格合适的东西，就不会去管什么官司不官司的。但是毕竟打官司很费神，虽然这位朋友有很好的心理素质，还有充足的证据，但最终还是遭到了出版社的反击，转手把她也给告了，着实把我这个朋友搞崩溃了。

最终，这种崩溃的情绪影响到了她和影视公司的合作，导致她创作的剧本质量不合格，资方只好把她给换掉了。换掉就意味着她拿不到协议里约定的款项，这让她的心理落差很大，抑郁了大半年，到医院还查出了乳腺癌……

我听完之后，怪她对影视这一行太不了解了。在编剧这一行，虽然你签署了一份金额为数万元的协议，但是如果你没有跑完全程，那么后面的款项就根本拿不到。

划重点：剧本不要对协议上约定的金额信以为真，因为80%的编剧都无法执行完协议，很多编剧往往只能拿到协议款的二期款和三期款，很多影视公司的项目都是需要编剧接力来完成的。

我这个朋友没有当过编剧，她一直写小说，并不了解影视圈，所以才会造成现如今混乱的状况。但是有病了就先治病吧，不要想那么多了，我好一通劝，她的情绪终于平复了下来，接着我给她讲了许多影视圈的奇葩故事，她听完之后大惊失色，直言没想到这么复杂，这么令人触目惊心。

那一年，有一家公司出品了《好想好想爱上你》，我作为文学总监参与其中，这部剧由著名演员黄觉和张歆艺主演，是都市轻喜剧。我很喜欢黄觉饰演的那个小人物，他身上那种不放弃、接地气的特质很吸引观众。当时我任该出品公司的文学总监，全程指导、参与了这部剧，最终这部剧在央视八套做了盛大的宣发造势，会上众多明星济济一堂，播出效果不可小觑。

写了很多都市题材的剧本之后，我对创作题材的要求越发严格，除了商业性的考量外，对题材时效性的思考也是我关注的重点。究竟什么样的题材才经得起岁月的考验？如何让一个题材更具有生命力？

随后，我作为联合编剧创作的电视剧《明星兄弟》由陈赫、甘婷婷、王传君等主演，该故事讲述了一个路人甲最终成为大明星的故事。题材新颖，演绎出众，拍摄手法也比较前卫，在地方台播出时收到了很好的反响。

划重点：如何定义好剧本？我认为，好题材、鲜活的人物和生动曲折的故事，三者缺一不可。

8. 我去国外开作品研讨会

在做编剧的 20 多年时间里,除了写电视剧、电影剧本外,我还写小说。

小说和剧本完全不一样,最主要的区别是小说往往是作者自身观点和想法的一种文字体现;剧本则是一群人的艺术,是针对观众的一种消费品,它不可能只体现一个编剧个人的思想,这是一种不负责任的表现。

总体而言,我认为剧本比小说难写。

举个例子,我要写一个自私的人。如果是写小说,我可以用一句话来概括：他是一个自私的人，身边人都不愿意和他来往。小说用19个字就可以阐述清楚，但是剧本却不行，可能要用500字来阐述清楚。

在剧本中，我会写两场戏，第一场戏写他和同事一起聚餐，结账的时候突然他起身去了洗手间，同事对他窃窃私语。第二场戏写他的前妻来接孩子，两个人将汽车停在停车场内，然后开始争论一些事情，孩子在一边玩耍，最后离开时他要求前妻替他支付停车费，理由是自己只有银行卡，没有带现金。

这两场戏看似男主角没有几句台词，但是旁白人物的加入使得台词量大增，也使得字数大增。编剧一定要用事件去说话，而不是用语言去说话，这是剧本写作的一大特征。

划重点：小说作者的作品如果想被影视公司看中，那么一定要注意两点——强情节和鲜明的人物性格。

那些年，我保持着每两年出版一部长篇小说的速度，《宝贝，对不起》《恋上分手专家》《爱你五周半》《爱情囧途》《喜鹊人生》《什刹海追爱记》《苹果遇上梨》都是那些年出版的小说。每次小说上市后都会有资方想购买我的影视改编权，我在与他们接触的过程中也逐渐将我的写作风格固定下来，强调故事性、话题性、反转性和情节性，我觉得这四个特征是影视改编的法宝。

一般的小说作者，他们编织故事的时候往往废话和废戏太多，致使很多资方购买完版权后发现能用的东西太少，经常会出现有些小说改编后只用了原著的男女主角人名的情况。还有的改编只采用了原著的人物关系或者某一个人物的职业，其余的全部需要大改。

但是像我这样有着编剧和小说双重身份的作者所创作的小说可用率非常高，因为我在创作时就是按照一部电视剧的分集大纲来完成的，每一章节的故事性和情节性都非常引人入胜。

2016年夏天，我在澳大利亚墨尔本举行了作品研讨会，我出版的8本小说全部荣幸参会，被邀请来的读者争相阅读。席间，有一位孙女士很喜欢我的《喜鹊人生》，它讲述了中国近40年来婚礼服务产生变化的故事，很好地描写了中国的变迁。她说她的婚姻很不幸福，和书中女主人公有着同样的遭遇，同样是婚礼当天遭遇了新郎死亡的打击，之后命运急转直下，但是好在不屈不挠，最终战胜了一切，赢得了美丽人生。她鼓励我多写一些新女性的故事，这个想法和我不谋而合。

席间，我在和一群墨尔本大学的大学生聊天中得知，外国人对中国人的普遍认知还停留在去餐馆打工、当家教、为了身份假结婚的传统印象上。要知道改革开放40多年来，中国已经发生了翻天覆地的变化，也涌现出许多独立自主又具有高尚人格的女性，她们努力、勤奋、自律、自爱、勇敢、上进、谦虚、善良，她们开的车、住的房都是自己挣来的，不依靠男人，勤勉又低调。这才是我想要描写的新时代女性。"我想让这个世界更多的人了解新时代的中国人。"这是我发言的结束语。

2016年冬天，我在美国得克萨斯州奥斯汀举行了作品研讨会，当地好莱坞影视资深人士刘女士担任研讨会的主持人，席间还邀请了得克萨斯州当地著名的主持人吉米·马斯先生担纲现场嘉宾主持，两位好莱坞导演以及多家影视公司总裁莅临。

风景秀丽、景色宜人的奥斯汀向来就是艺术、文化、科技的世界人才汇集地。在研讨会现场，主办方邀请我做了一场讲座，做完这场讲座后有两位好莱坞导演向我抛出了橄榄枝。

记得我在讲座中曾讲了一个故事，给两位好莱坞导演留下了深刻的印象，刘女士在现场充当翻译，气氛一度高涨。

"意大利有一位著名的导演米开朗基罗·安东尼奥尼，他有一部著名的影片叫《放大》。《放大》讲述了一位爱好摄影的年轻人在放大照片的过程中发现了一桩杀人案，他把这个线索告诉了警察，最终成功破案。这部影片在当年获得了国际上的大奖，也被圈内人津津乐道。而美国著名导演弗朗西斯·福特·科波拉在他之后拍过一部影片，叫《对话》，讲述了一个窃听大师的故事。《对话》的故事与《放大》的故事核很像，但是表现手法不一样，它讲述了一个喜欢去湖边听野鸭叫的盲人（中情局退休人员），每次去他都会带一个录音机，他每天都会听录音的回放。有一次，他在录音中听到了两个人在策划一起杀人事件的对话，这个杀人对话还不是用的本国语言，是个小语种，好在这个中情局的退役盲人知晓这个小语种，他最终把杀人事件成功阻止了。这两个故事的故事核很像，只是载体不一样，一个载体是照片，一个载体是录音机，但是又有异曲同工的地方。我觉得这两位导演都是大师，两位大师都做了很好的创新。我觉得创新其实就是从这些小的角度入手，我认为对于有生命力的作者来说，这是一个非常大的、好的突破口。"

我讲的这个故事博得了好莱坞制片人 Jon 的好感，虽然他看不懂我的中文书，但是他邀请我参与他正在开发的一个电影项目，是一个探险题材,名字叫《红爆点》,我欣然接受了邀请。

  划重点:编剧要努力扩大自己作品的传播度,以便于世界各地的人都可以看到这部作品。虽然实施起来有难度,但是思想要先行。

"好"莱坞

1. 好莱坞剧本会上的小饮料

2016年,我应Jon的邀请参观了好莱坞(Hollywood),也和美国各大影视公司的负责人进行了交流。好莱坞位于美国西海岸加利福尼亚州洛杉矶郊外,依山傍水,景色宜人,这里拥有百年梦工厂的美誉,也是世界闻名的电影中心,每年在此举办的奥斯卡颁奖典礼则是世界电影的盛会。梦工厂工作室、迪士尼公司、二十世纪福克斯电影公司、哥伦比亚电影公司、索尼公司、环球影片公司、华纳兄弟娱乐公司、派拉蒙影业公司,这些电影巨头都是好莱坞的产物,他们出品了数以万计的经典影片,如《米老鼠和唐老鸭》《音乐之声》《教父》《乱世佳人》《公民凯恩》

《毕业生》《阿拉伯的劳伦斯》《大白鲨》《雨中曲》等，在国际上享有很高的美誉。

在和好莱坞编剧合作电影项目的过程中，我渐渐了解到好莱坞的一些历史。

1911年10月，一批从新泽西来的电影工作者在当地一位摄影师的带领下，来到一家叫布朗杜的小客栈，他们将客栈租下并改装成一家电影公司的样子。就这样，他们创建了好莱坞第一家电影制片厂——内斯特影片公司，同年已有大约15个其他的制片厂在这里定居，成千上万的梦幻制造者紧随而至。

从此以后，许多电影公司在好莱坞落户。1923年，好莱坞象征之一，白色大字"HOLLYWOOD"被树立在好莱坞后的山坡上，这成了世界电影史上一块标志性的招牌。

记得那次中美两国编剧合作，合作原则是对方负责整体的故事框架，而我负责中国部分的剧本写作，因为电影讲述的故事涉及一部分中国境内的内容，比如中国云南地区的生活习俗、风土人情以及女二号的情感走向等。

我们按照惯例，每两天开一次剧本会。现场有中文翻译，是一个女留学生，就读于加州伯克利大学的导演专业。小姑娘留着一头短发,很利落的样子。讨论涉及对每一场戏的设计、处理、衔接以及内容上的斟酌,由于未来要上中国的院线,我也会针对中国市场提出一些意见与建议。

开会之前,会场上进来了两个礼宾服务员,穿着黑西装,像西餐厅的服务员,他们手里拿着餐单,上面有数十种饮料和小点心。轮到我的时候,我点了一杯西柚汁和一块小蛋糕,当我把我的餐单交还给服务员时,对方笑着摇摇头,示意我的餐单不对。我问:"怎么了?是不是有的饮料没有?"对方笑着摇摇头,说:"创作剧本是一件非常辛苦的事,你应该选择三种以上的饮料,这样才能让这个时间段留下快乐。"男服务员西装笔挺地站在一边等我完善餐单,我笑着加了两种饮料后,他一脸释然地退了出去。

我第一次感到好莱坞整个大环境无论哪一个环节都非常专业。

在那里工作的两个月里,我了解到了好莱坞电影的现状以及好莱坞电影人的现状。

在跟 Jon 聊天的过程中,我了解到好莱坞的维权体系非常健全,中国编剧的三大困惑——署名权纠纷、拖欠稿费、侵权抄袭,这里完全没有。好莱坞有一个编剧工会，这个工会的权力非常大，如果出现署名权纠纷的事宜，编剧只需要把自己和制片方签订的合同提交给编剧工会即可。编剧工会会派出专业人士进行评审和判断，根本不需要闹到法院。一般来说，编剧工会能很好地保证编剧的权利。

再比如，编剧如果遇到了拖欠稿费的事宜，可以直接向编剧工会举报，工会负责人审核属实后，会直接通知院线和播出平台禁止播出这部电影或者剧集，这样一来制片人就慌了，他们会乖乖地给编剧结尾款，以使电影能顺利播出。Jon说，拖欠编剧尾款的事情很少发生，因为制片人都知道事态的严重性，不会拿鸡蛋碰石头。

对于作品的侵权抄袭，处理起来就更简单了，两部作品同时提交给编剧工会，工会会派出资深编剧进行审核，一般资深编剧给出的"判决结果"会让"甲方""乙方"都满意，根本不需要去法院。

众所周知，琼瑶状告国内某编剧的侵权案件足足审理了两年多的时间，期间数十次开庭，劳人耗资，而且在鉴定两位编剧的"纠纷作品"时，北京朝阳区法院的主审法官还专门从中国编剧协会聘请了资深编剧来对两部作品进行文学鉴定，毕竟电视剧的创作和剧本属于专业领域的范畴，任何一位法官都不能轻易做出迅速的判断，因此也耗费了大量的人力和物力。

划重点：影视圈的侵权案件经常发生，打官司对很多编剧来说都是一场巨大的挑战。

这样一对比你就会发现，好莱坞的编剧工会专业、高效，有强有力的执行力，并且对制片人有很强的话语权，一方面可以保证编剧的各项权利，另一方面也能维护好莱坞影视圈的良性运营。

此外，好莱坞的替身演员，一般来自专业的替身学校，不像我们国家的大部分群众演员，得在北京电影制片厂门口站着等活儿，常常一站就站一天。

在好莱坞，一个替身演员的片酬往往是中国替身演员片酬的300多倍。但是好莱坞的行业细化了，行业细化带来了高收入，同时也带来了高门槛，这也就意味着北京电影制片厂门口的那些替身演员在好莱坞可能根本没有机会接到哪怕一个死尸的角色。

在美国生活的两个月时间里，我还很偶然地参加了一位男编剧的婚礼，确切地说，是男编剧女儿的婚礼。这位饱经风霜的老编剧已经 60 岁了。

美国人的婚礼一般都是在户外进行的，在美丽的花园里布置婚礼场景，婚礼只提供酒水和甜点，整体氛围轻松又愉悦。

当女儿挽着编剧爸爸的手臂缓缓走向新郎后，这位编剧爸爸说了一段很酷的祝酒词：

"当艾琳生下来时，我觉得她长得像她妈妈，温柔、平和、羞涩又美丽。我有些嫉妒，于是对上帝说，主儿，让她像我一点吧。于是上帝赋予了她力量，于是她会开卡车，会开游艇，还会打猎，一点也不娇气。这时上帝又开口了，说要让她成为上帝的宠儿，于是从小就善良的艾琳选择了当一名医生，她救死扶伤，经常加班，还早早签了捐献器官的文件。（对新郎）哥们，我想说，我和上帝费了这么大的工夫，你可别搞砸了。"

新郎和所有嘉宾全部哄堂大笑，为编剧爸爸的幽默，为美国人特有的轻松，为他们对于爱情不流于形式的态度以及四两拨千斤的情感嘱托。我很佩服编剧爸爸的才华，也理解他这一段文字中透露出的对女儿深深的爱，以及他云淡风轻的幽默和男人的魅力……

划重点：编剧要努力开拓自己的眼界，这样才可以让自己的作品有更多深度和广度。

　　在好莱坞的那段日子，我也贡献了自己的智慧。

　　在创作电影《红爆点》的过程中，我们曾一度遇到瓶颈。当时我和另外两名好莱坞编剧一起工作，一位是得州的布恩，一位是加州的乔布斯。对，没错，就是和那个苹果手机的鼻祖乔布斯同姓的乔布斯。故事讲述了一个被帝国遗忘的私生子长大之后重回故国寻母寻敌寻爱，最终和帝国一起灭亡的故事。

　　这个故事涉及伦理，男主角要和自己的敌人生一个孩子，然后去救自己的恋人，但是敌人是他厌恶的女人，他憎恨这么做，但又不得不这么做。最终，爱情因为牺牲和误解被葬送了，绝望的男主角和他的帝国一起灭亡了。

　　在处理这段伦理故事时，好莱坞编剧一度陷入困惑之中，我记得我当时讲了两个小故事。

　　我说，中国有位著名的导演拍了一部影片《左右》，在国际上拿了大奖，但是影片在国内的票房却不太理想。故事讲述了一个母亲的女儿患了白血病，为了给自己的女儿治病，她只得和离异的前夫违背道德、违背伦理在一起，再生一个孩子，以此来救患病的女儿的故事。这个故事有很强的戏剧冲突，也有很强的看点，但是挑战了伦理道德。已成陌路的男女因为责任，需要再同房生一个孩子，这一点会让影片在审查和发行上受到一些阻力。

其实，西班牙也有一部类似的电影——《妹妹的诉讼》。这部影片没有被引进国内，所以一般只有我们这些专业人士才看得到。电影的第一场戏就很棒，一个没有桌子高的小女孩来到法院，站在法官面前，拿着法槌猛然拍了一下，然后对着法官说："我要打官司，我要告我的姐姐侵犯了我的人生权……"

同样的故事，同样的题材，但是由于讲述角度的不同，其附加值和效果就不同。前者是从父母的角度讲述故事，后者是从受害者，也即小女孩（妹妹）的角度讲述故事，妹妹要告自己的父母强迫自己每个月要去医院给姐姐捐献脐血。

如果一部影片既可以拿奖又可以在上映后获得不错的票房，那意味着什么？意味着电影的出品方可以赚更多的钱。老板赚更多的钱意味着什么？意味着你的职业生涯会有一个很好的口碑，意味着这部影片可以具备很大的传播力，这对于你的事业而言会有不同凡响的意义。

我的发言让那两个编剧一瞬间茅塞顿开，他们调整了故事角度和男主人公的行动线，也解决了所谓的伦理碰撞问题。

虽然目前这个电影项目因为疫情搁浅了，也许永远不会重启，但是这段经历对我的创作帮助很大，我会永远铭记这段难忘的经历。

划重点：好编剧一定要多研究大师级导演的作品，说不定能取得四两拨千斤的效果。

那一年，我和朋友还去了秘鲁。那是一个神秘的国度，这趟旅游令人赏心悦目，我也在那里遇到了无数个"中文侠"（为了推广中文走天涯的小人物），他们或许是10多年前随着父母来这里打工的青年，有开饭店的，有开酒店的，还有开服装店的，他们一直坚持说中文，虽然在生活中必须学习西班牙语，但是面对当地客人时他们还是坚持说中文，对中文进行了很好的推广。

从事编剧工作以来，由于时间较为自由，我发现了一个减压的最好方式——旅游。在这些年里，我走过30多个国家，遇到了很多身处异国的"中文侠"，他们虽然普普通通，但是内心对中文和中国的情结却永世不可磨灭。

这样的例子和人物在我心中慢慢生长,那时我就萌生了要把这些"中文侠"的故事写成电影的念头,他们身上的精神鼓励着我,一定要把《中文侠》这个电影孵化出来。

2. 世界各地的"中文侠"

2011年,我感觉很疲惫,于是去了趟希腊,这是我一直向往的国度,也是欧洲文明的发源地。众所周知,那里的德尔斐被称为"世界之脐"(也就是世界的中心点),只有去过了世界的肚脐眼,你才算真正触摸过世界的身体。

圣托里尼岛(以下简称"圣岛")是我一辈子都难忘的地方,古名叫希拉,后来为纪念圣·爱莲,于1207年被改称圣托里尼。那个被上帝亲吻过的岛屿只需用蓝和白两种颜色点缀,像一个跌落人间的可爱天使。圣岛的伊亚小镇是我见过的世界上最美的地方,在中午紫外线强烈的时候,人们都住在悬崖酒店里,向那个酒店的窗外望去，可以看到爱琴海，泡在泳池内可以看见天海合一的绝美景色。到了黄昏，你还可以在爱琴海的海面上欣赏落日，这时你会看到圣岛的所有台阶和地上坐满了来自各个国家的情侣，他们沐浴在夕阳的余晖下，然后激动地一边欣赏夕阳，一边亲吻，场面相当壮观。

圣经的内容里面没有夕阳，因为夕阳是留给恋人的。此时，我明白了这句话的含义。

特别是在经典的蓝顶教堂，拍照的人不计其数，简直可以用人头攒动来形容。那次我在希腊拍摄了好多照片，黑沙滩、红沙滩、蓝顶教堂、爱琴海、费拉小镇，我想洗出来一些做留念，于是来到了当地的一家数码店。

数码店的店员是个高大帅气的希腊小伙子，他学的是摄影专业，人也很敬业，还和我讨论照片的拍摄角度。店里的人不是很多，所以我们用英语聊了起来，这个岛上的酒店没有淡水，我问他哪里能买到饮用水，他告诉我一个小超市的地点。我看到这里的餐馆一般都是西餐馆，于是问对方："在这里开个中餐馆怎么样？"希腊帅哥说这个主意很不错，他还说火锅和饺子最好吃，他都吃过。这让我很惊讶。

我们约好第三天我去取照片，到了之后，希腊帅哥给了我一个信封，说这里面是我冲洗完的照片，我拿到之后道完谢就转身离开了。当天中午，我又去了趟伊亚小镇，那里太美了，我静静地坐了一下午，贪婪地欣赏着那里的一切，海风吹拂着我的脸颊，让我忘掉了一切烦恼。待到我拿出照片翻看时才发现，那个数码店的帅哥搞错了，他给的不是我的照片，而是一对陌生情侣的照片，随后我折身返回去调换。

是希腊小伙子的妻子在店里招待的我。她是一个中国人，早年移民到了希腊，后来遇到爱情便留了下来。这些年和希腊丈夫生活在一起，她已经把希腊丈夫调教得会说中文了，他们的孩子生下来之后，两人统一思想，要求孩子必须学会中文，于是夫妻两人花高价请了中文留学生教自己女儿中文，目前小姑娘会用中文唱歌，会唱《月亮代表我的心》《小城故事》等歌曲，希腊小伙子是一位不折不扣的"中文侠"，他非常喜欢带有中国结的挂饰，于是我把自己包包上的翡翠碎石中国结挂饰送给了他……

随后我坐船去了雅典，去游览雅典卫城，看帕特农神庙。帕特农神庙是供奉雅典娜女神的最大神殿，这个名字出于雅典娜的别名，帕特农原意为贞女。帕特农神庙始建于公元前447年，正式启用是在公元前 438 年，完全用白色大理石砌成，是艺术石雕界的绝世之作。帕特农神庙是希腊全盛时期建筑与雕刻的主要代表，有"希腊国宝"之称，也是人类艺术宝库中一颗璀璨的明珠。

雅典卫城的建筑着实震撼了我，我在那里拍了一些照片，但由于是独自出行，所以照片拍得不太理想。有个德国导游主动上前，热情地要帮我拍照，当时他的团队成员正在自由参观，我应允了。这让我感受到了德国人的热情。

那里的紫外线很强，参观完所有建筑后，我下山了。山下有个博物馆可以免费参观，我坐在外面先喝了杯咖啡，然后进去参观。在参观的过程中，我遇到了一位男士，这位男士是中国人，在希腊留学之后留了下来，业余时间他兼职给从国内前来的情侣拍摄婚纱照，久而久之就爱上了这里，于是找了一个希腊女友。

希腊女友非常喜欢吃中国的水饺和粽子，因为希腊的食物很单调，于是小伙子在给女友包饺子的过程中不间断地给她普及中国的文化，比如说饺子的来历、饺子的造型典故、饺子的多种吃法、饺子的馅料组成等。小伙子的希腊女友不但全部记下来了，还让父母支持自己去中国的大学学习中文，随后她回到了希腊，两个人很快就结婚了。由于希腊是世界蜜月圣地之一，会中文的希腊女友成了抢手货，相继成为各大旅行公司的翻译和导游，夫妻两人在这个蜜月圣地大大开拓了自己的事业。

2013年的时候，我去了墨西哥旅游。那是一个北美国家，在人迹罕至的地方，入目全都是陌生的人脸，我很难想象能在那种情况下见到中国人。

在墨西哥的那些天里，我特别想吃中餐，但是很难找，最终只在一个街道小巷里找到了家很小的中餐馆。我在里面点了一碗云吞面，一份白斩鸡，一份凉拌粉皮，吃的时候我猛然一抬头，看见店铺上方贴了一副对联，上面写着：海到天边天作岸，山登绝顶我为峰。

这副对联的书法深深震撼了我。一位老翁颤巍巍地给我端来云吞面，他告诉我，他就是这家店的老板，40多年前因为打工来到了墨西哥，最终留在了这片土地上，娶了一位华人做老婆。在墨西哥经营餐馆是非常艰难的，经常会受到黑社会的威胁，期间老翁也遇到了这样的事情，但是他不惧威胁，坚持要开粤菜中餐馆，这么多年都坚持下来了，整个过程可谓一言难尽。40多年过去了，虽然餐馆一直是微利经营，但是老翁却培养了附近三个城市的墨西哥人的饮食爱好，他们喜欢上了中餐，而且知道了中国春节，在大年三十的晚上，很多墨西哥人开着车跨越三四个城市前来购买他们店里的水饺，生意异常火爆。

2015 年，我去了巴西。在巴西旅游时，我遇到了这样一件事，我在当地一家中国人开的中文馆里遇到了一位老先生，这位老先生是郑和下西洋那艘战船的船员的后人。当年他的祖先随着郑和下西洋一起出征，最终战死在马六甲海峡。后来他的祖辈还告诉他，当年孙中山曾两次前往马来西亚怡保去筹集革命款项，最终成功筹款，为辛亥革命的成功做了很大的贡献。

怡保在辛亥革命前是东南亚几国中富商最多的一个地区，没有之一。这位老先生的爷爷曾在资助过孙中山先生的富商家中做家庭教师，因而知晓了这个鲜为人知的故事。

当我了解到这个故事时，我非常兴奋。当时我就下定决心，要把《中文侠》这个故事给写出来，拍出来。

随后的那几天，我一直和这位老先生在一起，他给我讲述了许多海外华人在国外当"中文侠"的故事，描绘了一幕幕感人的画面，他们坚持信仰，不怕威胁，甚至比国人还要热爱中文，他们的精神着实感动了我。临走时，老先生还送给我一幅书法作品：

愿时光能缓,愿故人不散。

划重点:编剧要去书写能让自己感到热血澎湃的题材,这样的作品才更有可能打动观众。

3.《中文侠》：海外华人的百年中国梦

电影剧本《中文侠》的创作是我心头的一个宏伟夙愿，它讲述了一个漂泊在外的男人为了推广中文而走天涯的故事。我希望通过自己的笔来描绘出以这个男人为代表的一群年轻人的活力和魅力，我希望把"宝石猎人"阿桑的故事和那些世界各地华人身上的故事全部融入进去，让观众看到新时代的风采。

我对故事里男主角乔枫的设定是一个老华侨的孙子，在海外留学，他渐渐适应了吃面包和薯条，早就忘记了中国传统文化，忘记了吃饺子，忘记了贴春联，忘记了孝道，忘记了自己的根在中国。

因此我编织了这样一个故事,男主角乔枫是一位地地道道的中国人,他在英国留学,整日泡妞,醉生梦死,挂科严重,满嘴英文,已经忘了当初来留学的初衷。

乔枫的爸爸眼看自己的儿子误入歧途,越走越远,于是佯装自己重病缠身,立下遗嘱,并且要求乔枫拿着三张老照片去寻找祖训。在寻找祖训的道路上,乔枫浪子回头,渐渐成长,最终领悟了中华民族的祖训,开始踏上传播中文的道路,成了一个不折不扣的"中文侠"。

为了写好这个题材,我多次深入广州、澳门,还去往国外如马来西亚、巴西、斯里兰卡、澳大利亚等实地采风,我在剧作中融入中华太极、美食、中医、绘画等元素,并将中华文化的侠客精神贯穿始终。我认为剧中的每一个人物都是一位侠客,都完成了自己的蜕变和成长。我推荐在《那年花开月正圆》中有出色表现的海哈金喜饰演泰国美女苏迪这个角色,海哈金喜有着高挑的身材,充满异域色彩的脸非常适合出演泰国美女这个角色。剧中她是一位擅长绘画的"奶茶妹妹",但凡来买奶茶的人均可以得到她在奶茶杯子上绘制的素描画像。乔枫得到自己的奶茶杯画像后,和苏迪展开了一段动人的爱情。

划重点：编剧要善于发现人物身上的正能量以及符合主流价值观的东西，并且放大它。

记得在马来西亚怡保采访时，我曾遇到一位叫卢伯的老先生。他曾是一名家庭教师，祖上也是中国人，后来跟随祖辈漂洋过海来到了马来西亚。卢伯在当地当教师，由于这个国家由马来人、印度人以及中国人构成，所以卢伯在教授《唐诗三百首》的时候，遇到了很多困难，很多孩子记不住拗口的唐诗，卢伯绞尽脑汁，发明了一种数字学习法。只要对应数字"12345"，就可以轻松记住李白、杜甫的唐诗绝句，一下子方便了孩子们的学习。

在采访现场，孩子们还现场演示背诵李白的《静夜思》：床前明月光，疑是地上霜，举头望明月，低头思故乡。孩子们身边有一位打拍子的老师，他的手势分别表示了"12345"，孩子们得到他传递的信号后，就顺利背诵出了诗句。

卢伯今年已经70多岁了，教的学生少说有十几万。就这样，在东南亚的某个角落，一位老人用他点点滴滴的努力，将中华文化和中华诗词世世代代传递了下去，做了一位不折不扣的"中文侠"。

在澳大利亚悉尼采访时，当地朋友还介绍我认识了一位徐女士（中国人），她的先生是一位希腊作家，很早就移民到澳大利亚，一直从事与文化产业相关的工作，并且创办了悉尼第一份希腊报纸，并且把这誉为"不忘本"。当报纸越办越精彩的时候，徐女士建议老公，能不能再办一份华文报纸，因为中国是她的故乡。她的丈夫二话没说就同意了，从撰稿、排版、采访到拉广告，全部由夫妻俩共同承担。那段创业的日子里，夫妻俩为了节省成本几乎风餐露宿，好在他们最终坚持下来了，虽然后来报社被卖掉了，但是这段历史却被澳大利亚记录了下来。

我认为徐女士也是一位不折不扣的"中文侠"，为了让中文的种子洒遍世界的每个角落，她用自己的力量将推广中文和牢记中华民族传统这两件事铭记于心，始终牢记自己是一个中国人。

在和徐女士的丈夫聊天的过程中，这位希腊作家与我有很多观念和创作上的碰撞。他的中文很好，我一直把国内的热播电视剧以光碟的形式送给他看。记得在看完国内一部很火的"男大女小"夫妻架构的电视剧后，他问我：这个剧为什么那么火？

我说它满足了一些市场上的需求，以及男性观众的心理欲望。

他却持有不同观点,他说:"'男大女小'这种现象在国外很常见,这个剧如果出口,那些外国观众完全不会去追捧和发笑,因为他们不明白为什么要发笑,这就是中西方文化的差异。如果你的作品想真正地走向国际,我建议你要选择有国际共通性的话题和题材,这样才能激发国际观众的兴趣。"

我对他的话表示赞同,认为他有自己的观点,也说出了目前中国影视剧的一些问题所在。

接着我们讨论起了电影。电影无国界,近年来各个国家均在奥斯卡领奖台上斩获了小金人,但是唯独中国始终没有获奖。中国目前没有作品获得奥斯卡最佳外语片,纵观近年获奖作品:德国的《伪钞制造者》(2008),日本的《入殓师》(2009),阿根廷的《谜一样的双眼》(2010),丹麦的《更好的世界》(2011),伊朗的《一次别离》(2012),奥地利的《爱》(2013),意大利的《绝美之城》(2014),波兰的《修女艾达》(2015),匈牙利的《索尔之子》(2016),伊朗的《推销员》(2017),智利的《普通女人》(2018),墨西哥的《罗马》(2019),韩国的《寄生虫》(2020)。韩国的《寄生虫》一度赢得了评审团所有评委的掌声。李安导演(代表作《卧虎藏龙》)是美国籍,虽然是华人,但是《卧虎藏龙》是好莱坞公司选送参赛的,所以不能算中国的成绩。他的《卧虎藏龙》（2001）拿过奥斯卡的最佳外语片奖。

奥斯卡最佳影片是分量最重的一个奖项，也是压轴颁发的，此外这个奖项颁奖的时候可以允许获奖电影的所有演职人员上台领奖，包括导演、演员、摄影、美术、化妆、服装、音乐、后期人员等，所以它是所有电影人梦寐以求的奖项。

在奥斯卡现场，现场的影星其实都是服务者，他们是主人，也是仆人，并不像我国明星那样高高在上。所以大家在追星的同时一定要清醒，如果没有编剧创作的剧本，没有导演的工作，没有资方的资金，他（她）就能成为明星吗？答案是否定的。

所以我希望你们每个人在看完电影的时候，一定要等到所有字幕全部播放完毕之后再离开，这也是对电影幕后工作人员的一种尊重。

划重点：要努力多学习几国语言，以缩小自己和世界的差距。作为编剧，每天都要问自己和世界的距离，而不是自己和这个市场的距离，这样才能不断进步。

4. 我与《宝石猎人》

2016年,我参与创作的《血色翡翠城》由作家出版社出版上市了。这本书描写了一个从电影学院肄业的大学生误打误撞闯入珠宝行业,沿着"一带一路"开店,输出珠宝文化,最终发家致富、收获爱情的励志故事。

这个题材来源于十年前的一次在云南瑞丽的采风。在那次采风过程中,我认识了一位叫阿桑的缅甸小伙子,因为祖上是云南人,他会讲云南话。他的高祖父为了生存去缅甸打工,于是就在那里世世代代安家了。

从阿桑那里我了解到很多珠宝知识,红宝石、蓝宝石、祖母绿、碧玺、尖晶石、托帕石、海蓝宝石、琥珀等。每一块宝石背后都有一个故事，有的惊心动魄，有的柔肠百转，它们深深吸引了我，于是我决定每年都在阿桑进货的时候跟着他去采风，以了解这个未知领域和开拓自己的眼界。

众所周知，世界上出产翡翠最好的国家是缅甸，世界上出产红宝石、蓝宝石最好的前三个国家分别是缅甸、越南、泰国，世界上出产碧玺和水晶最好的国家是巴西，世界上出产欧泊石最好的国家是墨西哥。阿桑每年都会去这些国家进货，他去之前会通知我。

2010年的初夏，阿桑给我打来电话，问我是否有时间去越南。因为一年一度的缅甸翡翠公盘开始了，为期10天，结束之后，越南陆安县的翡翠公盘开始，为期大约20天。对方向我发出了邀请，我当即应允。

阿桑知道我是编剧，涉猎广泛，对一些新兴事物极为感兴趣，所以这种开眼界的事情都会叫上我。我和另一位编剧朋友一明踏上了越南之旅。还是像之前一样，我们先飞抵云南昆明，然后从昆明坐飞机到德宏州芒市，接着再从芒市走盘山公路到瑞丽市，和瑞丽的阿桑以及两位云南朋友汇合之后一起向越南文安出发。

一路上，阿桑都在介绍翡翠公盘的情况，他说公盘主会期为10天左右，会期结束后还会有一段时间的余兴。十几天里人们可以感受人世间最极致的博弈，也能现场亲眼见证巨额资金交易，体验验钞机点验钞票的刺激场景，所有参与者都能深深体会到肾上腺素激增如过山车一般的感受。

我们这一行五人中，阿桑、牛哥、阿威都是出生在云南的宝石商人，他们从事彩色宝石生意已有20年。一路上，他们一直给我们普及珠宝知识。

缅甸是世界上最纯种的红宝石的出产地，世界上价格最昂贵的红宝石产地在抹谷，那里产的红宝石叫鸽血红宝石，颜色一流，品色上乘，拿在手里会有一种手握流动的火焰般梦幻的感觉。一颗上等红宝石的价值可以抵得上一个国家国库的储备，缅甸红宝石价格昂贵，但是越南的红宝石颜色偏粉，所以相对经济，于是越南也成为珠宝商的最爱。

阿桑、牛哥、阿威都有自己的珠宝店，这里的每一个珠宝商都有着自己的镇店之宝：阿桑店里有着越南直径最大最为昂贵的鸽血红宝石，牛哥店里有着缅甸纯度最高的冰种紫罗兰，阿威店里有着有巴西最重克拉的碧玺。他们说珠宝商人最容易出交通事故，因为他们几乎每个月都会出差，在全世界飞来飞去，所以经常会传出珠宝商人出意外的消息。这些消息中有些是真的事故，有些是说不清楚的"意外"。"意外"发生后，这些珠宝商人身上价值过亿的珠宝便会不知去向，这样的事屡屡发生，让人不寒而栗。

于是有些疯狂的珠宝商为了保命，就在那条通往机场的盘山公路上每隔100米埋下一个翡翠貔貅，所以那条公路下面全是成千上万的宝贝。貔貅是招财辟邪的，性凶猛，生意人都爱。古书里记载，龙生九子，最后一个儿子是貔貅。因为贪吃，所以招来龙的讨厌，一巴掌打下去所以没有屁眼，于是只进不出，成了招财进宝的宠物。

这些旅途中的故事很新奇，不断刺激着我们的神经。

我们一行人辗转到了越南陆安县后，阿桑找到当地的一个朋友翔哥，请他把我们带到了一家当地的酒店，说是酒店，不如说是对外经营的民宿。大家匆匆领了自己的房间钥匙，然后换装休息后一起出来觅食。

越南属于亚热带气候，傍晚的天气也很热，我换了短袖，穿着亚麻长裤坐在外面的长椅上等众人，这时阿桑直接穿了一件民宿提供的浴袍就出门了，浴袍上有一根腰带，谁料阿威看到了对方的着装后大叫了一声。

原来，每次出去寻找宝石之路都是凶多吉少，行道里有许多讲究，如果犯了忌，那么这趟旅途很可能会不太平。浴袍的系法一般是活人右系左，死人是左系右。从浴室出来的阿桑把浴袍系成了左系右，大家心中忐忑，认为这一趟要失手，肯定会出师不利。为了破除这件不吉利的事，阿威提议我们去吃玛卡天麻鸡。

这里有个不成文的行规，如果第二天参加公盘，商人一定要吃这道菜。玛卡是一种高原植物，原产于南美洲秘鲁安第斯山脉，主要能增加免疫力和调节人的内分泌，男吃壮阳，女吃滋阴。天麻是活血的，也是云南的特有中药材，以前摆天麻宴是这里接待客人的最高礼遇。很快我们找到了一家小店，虽是地摊店，但是里面人头攒动，我们在花廊里选了一个露天的位置落座，很快天麻鸡端上来了，我们迫不及待地大快朵颐。

吃过饭后，很快我们就来到了翡翠公盘，越南的翡翠公盘不算热闹，都是那些不满足辗转于缅甸曼德勒公盘的人自己又组织起来的一个小型交易集会。牛哥做翡翠生意，他发现了一块黑皮的赌石，大约是一块重达210公斤的豆青种料子，底价竟然高达929万欧元，加上税款折合人民币约1.1亿元，但是不到20分钟就成交了。牛哥粗略算了一下，如果按无裂计算，此料能出手镯310只，戒面600只，项坠约100只，那么粗略估计对方的利润应该在8000万元左右。

我们看到一个香港商人拿下了这块赌石。真可谓富贵险中求，风险一线天。

这时翔哥让我们一起去他家做客。翔哥是云南人，早年娶了一位越南姑娘，于是定居越南。翔哥这次要带我们一行人去抹谷的红宝石原矿产地，这也将是我第一次看到红宝石的原矿石。谁料想，这次计划虽周密，却出了一个意外的纰漏。

我们一行人来到了后街口的一户带院子的人家，翔哥早就在大门口迎接我们了。傍晚时分，我们就坐在翔哥家的院子里聊天。这里到处都是大榕树，坐在树下的小凳子上，品着云南特有的普洱茶，夏日的炎热立刻消散而去。我注意到这里每家每户都有一幅硕大无比的宝石画，有的画的是世界地图，有的画的是九条金鱼，有的画的是百花齐放。翔哥家的宝石画上画的是一位越南少女，穿着传统的裙装，顾盼依依，非常灵动。我问对方："为什么每家每户都有宝石画？"

"我们这里出产宝石，够不上贵族血统的红蓝宝石就会作为廉价的石头做成宝石画，然后卖给那些从全世界来采宝的宝石商人。价格也不便宜哦！我这幅画上画的就是我的越南老婆。"在国外能看见家乡人，翔哥感觉很亲切，开起了玩笑。

抹谷最近新发现一处巨大的红宝石矿，我们此行的目的就是要去这个矿看看。众所周知，蓝宝石是红宝石的伴生矿，也就是说只要是发现红宝石矿的地方，在不远处一定会发现蓝宝石矿。所以原则上来说，红宝石的身价比蓝宝石昂贵，但是大颗红宝石很罕见。

晚饭时间到了，翔哥说今天是周日，老婆带孩子回娘家了，自己下厨给我们做饭。一场悄无声息的灾难向我们袭来，我们还悄然不知……

一小时后，一大桌丰盛的越南家常菜摆满了院子里的矮桌子，当大家落座后准备开动时，翔哥的越南老婆领着儿子进了院门。这时我们赶紧招呼对方落座，谁料对方却不理我们径直走进厨房，见翔哥正在厨房收拾残局，似乎想把油腻腻的厨房恢复到刚才的干净状态，越南妻子看到这一幕立刻变了脸，脸色铁青地冲到院子内一掌掀翻了饭桌，一桌子美食顷刻化为乌有。正当我们诧异时，她冲进卧室开始收拾自己和儿子的衣服，接着她抱着一个小包袱牵着儿子就痛哭流涕地离开了家。翔哥在后面一直追，但是越南妻子的哭声越来越大，执意领着孩子离开了……

我们一行人全部傻眼了，忙问出了什么大事？原来，在越南男人是不能下厨的，如果男人下厨就意味着他不要这个女人了，也代表他有新欢了。翔哥今天大意了，他看到了好久不见的家乡人，一下子把这个民俗忘记了，热情下厨招待我们，谁料想冒犯了自己的越南妻子。

突发的事件一下子让我们乱了阵脚，大家饭都顾不上吃赶紧陪着翔哥去寻找越南妻子。谁料当我们赶到越南妻子的娘家时，却得知她没来娘家，越南妻子的哥哥一听这个情况立刻慌了，怒火冲天的他直接打了翔哥一巴掌，我们赶紧拉架，总算劝住了对方，大家一起朝着一座山中奔去。

原来越南妻子家中是开采红宝石矿的，矿山也是越南妻子经常去的地方，她的哥哥估摸着妹妹去了那里。走过一段崎岖的山路后，我们看到了真正的红宝石矿，它是夹在两座崇山峻岭间的一块平地。矿口位置有灯光，四周有保安把守，有三三两两的车辆穿行，我们一行人坐着升降机下到了山谷的底端，然后进入洞口。

可是里面伸手不见五指，宝石矿的晶体时不时会触碰到我们的头部，让人不经意中受到惊吓。由于里面极度缺氧，工作人员强行把我们轰了出来，大家一片茫然，这么晚了，到底去哪里找翔哥的越南老婆呢？

矿口附近有一片小树林，树林的尽头似乎有树屋。所谓的树屋就是在大树上搭建的简易木屋，平时给一些猎人居住的。夏天的夜晚有蚊虫叮咬，大家让我这个唯一的女生先上去休息，其他人再去树林中寻找一番。

大概就这样寻找了三天后，越南老婆突然带着儿子出现在树屋，和我撞了个满怀。我赶紧拨打其他人的手机，于是翔哥、牛哥带着阿威奔了过来，终于把越南老婆给带回了家。

这个插曲虽然耽误了我们参观矿口的计划，但是世界各地的各式风俗却给我的日后创作增加了不少灵感和素材。这之后，我跟着阿桑去了很多国家，巴西、墨西哥、尼泊尔、秘鲁、斯里兰卡、老挝、越南、阿联酋、澳大利亚等，那些国家出产各式各样的宝石，宝石是大自然的馈赠，我想任何人看一眼都会爱上，于是把这些故事都写进了小说里面。

《血色翡翠城》这部小说可以说是目前市面上唯一一部描写宝石的长篇小说，题材新颖独特，描写了鲜为人知的领域。

这部小说深受各大出版社的喜爱，最终花落作家出版社。这个经历告诉我，在编剧生涯中遇到的每一件事、每一个人、每一段经历都是一笔无比珍贵的财富。

划重点：好题材来源于生活，但是高于生活，并且凌驾于生活之上，有条件的话要去寻找那些信息不对称的领域，它会给你的人生带来别样惊喜。

5. 价值千金的故事核

自 2016 年以来,我陆续受邀在各个大学做编剧讲座,我发现电影的魔力实在太大了,电影的潜在粉丝也超级多。在这本书里,我也把学生们常提出的问题以及他们关注的热点拿出来和大家分享一下。

首先讲一下故事核。

我们举几个例子。《肖申克的救赎》是好莱坞 1994 年出品的影片,改编自著名作家斯蒂芬·金的《四季奇谭》中收录的同名小说,导演弗兰克·达拉邦特是一位名不见经传的新秀,传言他用一美元买下了影视改编权,影片由蒂姆·罗宾斯、摩根·弗里曼等主演。它的故事核就是——讲述了一个被冤枉的银行家用一把藏在圣经里的锤子成功越狱，并且拯救整个监狱狱友灵魂的故事。

故事核就是用一句话概括你的故事，必须包括人物关系和人物目的。《肖申克的救赎》的故事核强调了"圣经""锤子""越狱"等商业化字眼，因为这是这部戏的卖点。

再说说李安导演的《色戒》的故事核，它讲述了一个革命意志不坚定的女青年用色诱的方式去完成一个不可能完成的刺杀任务，并且最终失败的故事。这里面强调了"色诱""刺杀""失败"，这是这个故事的关键字眼。

划重点：故事核要包括人物关系和人物目的。

曾获得奥斯卡最佳影片奖的电影《逃离德黑兰》，它的故事核是——讲述了一名美国中情局的特工用一个拍电影的假策划案孤身潜入伊朗，成功营救了被困在伊朗444天的6名外交官的故事。这里面强调了"拍电影""假策划案""孤身""伊朗""营救""外交官"这些关键字眼。

目前全球的求职竞争异常激烈，求职者入职前一般会面临三次面试，最后一次是老总级的面试。一般而言，老总只会给求职者一到两分钟的时间，所以如何在短时间内拿下老板的心，这是一件非常重要的事情，它要求求职者说话最好要有重点，不要长篇大论，只说故事核就好。

比如说一位好莱坞的制片人见一位编剧，只给对方一分钟，问对方要拍一个什么样的故事。这位编剧可以简要地回答，只说出故事核，比如"我想拍一个'007+甄嬛传'的故事"。

这样的回答比较具象，也比较有观感，能刺激资方产生兴趣以及投资的欲望。

在澳门大学和澳门城市大学做讲座时，我也谈到了这个问题，当时李德凤教授和李丽青教授非常赞同我这个观点。

从2016年开始，我又陆续在港澳以及珠海的四所大学为影视专业的学生开展讲座。在讲座中，我发现目前的影视学科教学和市场距离太远，一般的大学要求本科生在毕业的时候交一份约3万字的电影剧本，从题材选择、采访到撰写，再到交稿，这个过程完成了你就算可以毕业了。

但是当我看完毕业班的电影剧本作业后，我发现目前这些学生和真正的市场离得很远，还有漫长的道路要走。

举个例子，一个电影剧本最重要的就是人物和故事。其中人物的鲜活是重要一环，故事指的是题材，拥有好的题材是通往成功的捷径。比如说《为黛茜小姐开车》这部电影的题材就很不错，它有对主仆关系的思考，对种族的思考，以及对温情的思考等。

可是那些毕业生的电影剧本涉及的题材非常常态化，比如写一对男女的爱情，这个爱情没有任何特别之处，只是一些生活小事的起起伏伏；还有人写一个女孩和一根芹菜说了两个小时的话，这个题材有一些看点，但是商业性和市场性很差。

如果只是为了拿学历，这些剧本也算及格了。但是，凡是读影视专业的大学生，他们都是想进入影视圈的，没有人只观望而不想涉足。所以如果你想真正进入圈子的话，我觉得你的电影剧本至少需要具备以下几个特性：涉及不为人知的隐秘和不为人知的领域，属于信息不对称的题材，有具备商业性的载体，有鲜明性格的人物，有新鲜的细节和情节等。

在好莱坞影片《血钻》中，莱昂纳多·迪卡普里奥饰演了一个"宝石掮客"。主角的职业决定主场景，出产钻石的地方一般在非洲，你可以在电影中看到浩渺雄伟的非洲全貌，非洲的贫困，非洲的难民，以及非洲小家庭中的温情。男主角职业的新颖决定了电影的场景也非常独特,因此这部电影给观众的视觉冲击很大,事先在职业上就抢占了成功的砝码。

记得我在澳门大学做讲座的时候,学生提问最多的就是如何搞定采访对象,如何增加题材的新颖性,如何发掘有特点的职业,以及如何把握时代的流行趋势等问题。

我在回答这些问题的时候举了两个例子,比如说我去做美甲时,我就很喜欢和美甲师聊天,她们告诉我什么是印度红、伊朗红、丹麦红,我就记住了,之后我会把这些写进我的作品中。

我曾经遇到过一个采访对象,她是一个杀人犯的妻子,她的丈夫目前在逃。很多人千方百计想找到她,试图挖出一些线索,但是都无功而返。后来,我采访到了她,她足足有半个小时不说话,后来我发现她的鼻梁是歪的,猜测他们夫妻应该有联系,也会有争吵,于是我问了一句话:"你的鼻梁怎么歪了?"结果这句话一下子触及对方的伤心处,对方"哇"的一声哭了起来。等她哭完后,她终于愿意和我聊天了。经过耐心的等待和敏锐的观察,我出色地完成了采访任务。

这些活生生的例子激起了在座大学生的阵阵掌声,那一刻我突然意识到,中国影视如果想走出去,职业编剧也有义务、有责任走进校园去教育下一代,把自己的经验和实战案例与他们分享。

划重点:中国电影的市场巨大,编剧作为创作者,要善于培养观众的观影习惯以及提高他们的审美。

"未"莱坞

1.《苹果遇上梨》，2020坎坷杀青

2020年元月，《苹果遇上梨》在湖北荆门开机了。这部剧描写了一个善良的男人辗转在两个敌对女人之间，狼狈又充满喜感地充当义务"救火员"，有惊无险地呵护着女主角男友的一个不光彩的秘密，不让两个敌对女人的尴尬身份曝光，并最终得到真爱的故事。

在电视剧中，我用了幽默轻松的方式来讲述这一段阴差阳错、被命运捉弄的故事，充分诠释了情感的真谛、尊严的价值以及人性的善良，所以这部剧不是普通意义上的都市剧，它有很强的悬疑性，还有多处反转。

记得在开机仪式上,有记者问我:"为什么要用水果来定剧名?"我是这样回答的:"原本'苹果'是中国人婚礼上的吉祥物,象征着平平安安、圆圆满满,但不知什么时候,大家口中的'苹果'赫然变成苹果手机和苹果电脑。作为一个创作者,我希望让它进行中国传统意义上的回归,以期展现'苹果的中国梦'。剧中何梨的名字则来源于目前的一种社会现象——'分手比相爱容易',我希望《苹果遇上梨》这部剧可以让身处爱情之中和正在寻找爱情的人们永远相爱,不再分离,正好对应了'苹果遇上梨,生活甜蜜蜜'的剧中主题。"

由于新冠肺炎疫情的影响,拍摄一度中断。作为编剧,我及时调整了故事内容,并在电视剧后半段加入了"抗疫"的元素,让该剧作为"文化援鄂"的一部充满正能量的作品杀青了。整个过程虽然历尽千难万苦,但是最终结果很不错,也算是付出终有收获。

电视台对这部电视剧评价非常高,发行环节也非常顺利。回想这些年来自己的种种经历,内心唏嘘不已。

那些年,圈子里有很多传言,比如说编剧一般上半年写剧本,下半年要稿费;再比如说,有的编剧写剧本的时候必须要住在朝北的房间,如果是住在朝南的房间他一定写不出来,而且有的编剧即便是白天也要开灯拉上窗帘，假装是黑夜，否则就写不出来，或者三五天只能写出一两个字；还有的人写剧本的时候手边必须有啤酒或者白酒，少数人喝洋酒，还有的人必须把买来的洋酒倒掉，用洋酒瓶装白酒喝，几乎写十句台词就要喝一口；更有奇葩的传言，说某编剧熬夜一晚后去世了，他患有胃癌，其实得胃癌是对方自己身体的原因，和制片人没太大关系。可是由于编剧死了，而他手上有和制片人之间正在执行的协议，收到协议款的他没有交出剧本，于是制片人向编剧的老婆催债，可是这笔债已成了死债，事情最终还闹上了法庭……

这些都是我身边的传言。对于编剧来说，创作的困境任何时候都有，我曾经有一段时间也需要依靠酒精来支撑写作，剧本就像我这辈子爱得最疯狂的恋爱对象。但是后来，我发现酒精在自己身上不见效，痛定思痛后我决定给自己解压，从业务学习入手来解决困境。

不得不说，这些年我之所以能取得好的成绩，多亏了那些年我用电影来解压。

划重点：编剧一定要学会解压，不然身体会撑不下去。

有一阵子，我看了将近2000部好莱坞大片，每一部经典影片都有可圈可点的地方，可以学习到不少与剧本创作有关的知识，比如《空降利刃》《细细的红线》《杀死一只知更鸟》《日落大道》《王牌对王牌》《红松鼠杀人事件》《绿野仙踪》《双面薇若妮卡》《肖申克的救赎》《西西里的美丽传说》《走出非洲》《谍影重重》等，在研究这些影片的同时，我发现自己茅塞顿开，比如对故事开场的写法、人物性格的写法、高潮的写法、结尾的写法等，有了更清晰的认识。

我买来20多个笔记本，然后在上面贴标签，分别对应到电影的开场、高潮、结尾，以及人物出场方式、人物性格、主题和中心思想等特别精彩的地方。

我来举几个例子。

《空降利刃》这部电影的人物出场方式十分具有研究价值，它的第一场戏是20多个士兵准备参军，一个理发师给所有人理发，每个人出场时间只有两秒钟，在没有台词的情况下，20多个人的出场顺利完成，干脆漂亮。这是我看过的所有影片中最令我感到震撼的开场。

《绝命毒师》中的第一场戏也很经典。在一辆急速奔驰的汽车内,有一个患了绝症的男人,他光着下身在开车逃窜,由于他的实验室着火了,所以他脱掉了裤子撤退。而他的实验室是研究毒品的,这个研究是背着他妻子进行的。身为一个化学博士,在发现自己患绝症不久后,他被迫答应了一个犯罪集团的邀请,负责研发一种最新毒品,交换条件是给老婆孩子留下一笔钱。

《闯关东》的男主演李幼斌的人物出场采取的是延迟出场的方式,他在第一集没有出场,他的妻子一直在寻找他。他在第二集才出场,而且是在冰天雪地驾着马车来接自己的妻子,当摘掉帽子被自己的妻子认出来的时候,戏剧的高潮一下子就出现了。

《双面薇若妮卡》是波兰大师克日什托夫·基耶洛夫斯基的经典之作,这个电影的主题非常棒,它讲的是"一个人生下来之后,在世界上的另一个角落有一个相同的自己,这两个人有着相同的心境,相同的性格,相同的行动线,他们终究会在一生中的某一刻相遇"。这个主题很超脱。

《走出非洲》是一部奥斯卡获奖影片,并且在当年获得了七项大奖的提名,这是我最喜欢的一部影片。影片讲述了一个美国女作家失恋后为了散心来到非洲定居,在这里遇到了一段新恋情,恋人是一位飞行员,他让女作家爱上了非洲,但是当两人感情升温不久,一次意外事故却让飞行员男友坠机身亡,女作家在伤心之余写了一本书来记录这段恋情。这个女作家由好莱坞著名演员梅丽尔·斯特里普出演，她用感性、细腻的表演赢得了观众的喜爱。该电影中有一段开飞机的情节非常令人震撼，情节是这样的：女作家到了非洲之后心生厌倦，想离开。于是飞行员男友特意请假开着飞机来看望她，并且带着她开飞机，翱翔在非洲广袤的大草原上，奔驰的羚羊、盛开的花朵、飞翔的大雁以及其他生灵，让女作家慢慢爱上了这里，她爱上了非洲的风情，也爱上了这里的人民，以及神秘的飞行员恋人，她最终留在了非洲，两人在非洲的广袤草原上谱出了一段难忘的恋曲。

这部电影的导演西德尼·波拉克已经去世了，但是这位大导演是我心目中排名第一的导演，他可以轻松凌驾各类题材，惊悚片、谍战片、故事片、爱情片等，才华横溢，在我心中无人能敌，他在好莱坞的地位也是举足轻重，此外他对静态和动态场景的揣摩与捕捉都是行业的教材典范。这个电影让梅丽尔·斯特里普登上了奥斯卡最佳女主角的宝座，该片也于1986年获得了第58届奥斯卡金像奖最佳影片、最佳导演、最佳改编剧本、最佳摄影等七项大奖，至今被影坛列为经典。

看了这么多部好莱坞影片后，我觉得自己身上的羽翼日渐丰满。因为每天都在看片，记笔记，我的笔记本电脑用坏了4个，有一次去修电脑的时候，修电脑的小哥还调侃我："这是打游戏打的吗？"

我立马反驳："这是什么话？姐可是搞艺术的！"那时候我是多么激动。

知我者谓我心忧，不知我者谓我何求。

在研究电影的时候，我会把好的开头，好的结尾，以及精彩的人物性格刻画都记在我的笔记本上。随着积累的深入，我可以在很短的时间内给我的剧本起名字或者换名字，也可以在很短的时间内把剧本的人物关系重新搭建一遍，这些技能促使我在竞争激烈的编剧队伍中脱颖而出。

写废100万字，才能做编剧——我对此深信不疑。

划重点：在编剧这一行，如果你想取得一些看得见的成绩，那么你可能得写废100万字。

2. 如何把一手烂牌打成好牌？

做编剧 20 多年，我总结了很多可以运用到生活中的智慧和体会。

接下来，我给大家讲四个小故事。

几年前，我的一个朋友想举办企业年会，他想邀请一位国内著名的作家到现场助兴，于是找我帮忙。他说他给对方发了邀请函，但是迟迟没有下文。这位作家是国内一线作家，他的作品我朋友很是喜欢，因此也想借此结交，但是出师不利。

我给了他一个建议，我说一般作家都很看重自己的作品，你去买几本对方的书，然后认认真真看三遍，最好能找出几个错别字。然后你再给对方很诚恳地写封信，把这些错别字列出来，以我对作家的了解，他一定会回复的。

结果对方真的去买了书，果真找到了一个错别字，我又帮他找到了两个，随后我的朋友真的给大作家写了一封信，言辞诚恳。最终意想不到的结果出现了，大作家果真来参加了这个年会，这让我的朋友喜出望外，他瞬间也在集团董事长面前"扬名立万"。

第二个小故事是前年我在坐高铁出差的时候，认识了邻座的姑娘，她很优秀，在英国读研究生，学的是医学。我们很自然地聊到了她的男朋友，对方是个美国人，而且服过兵役，两人就读于同一所大学。她很苦恼地询问我，说为什么恋爱这么令人烦恼。我问她为什么烦恼，她说对方几乎不怎么联络她，自己也没有感受到恋爱中的快乐。我说："你有他的照片吗？给我看看。"对方打开手机给我展示美国男友的照片，是一张单人照，两人没有合照。我问："你们为什么没有合影？"姑娘苦笑着说："男友不喜欢合影。"

我这时发现了一些问题，美国是雇佣军制度，也就是说但凡选择参军的人不仅可以拿到满意的薪水，此外退役后他还可以申请就读美国任意一所大学。既然可以有机会在美国上最好的大学，而且学费还是作为美国公民的优待价格，他为何要去英国读学费高昂的大学呢？难道是美国没有这个专业吗？不是的，心理学在哪里都可以念。我隐约感觉这个美国男友有问题，他可能有战争后遗症，不想待在那个自己熟悉的环境中，他很恐惧和紧张，而且在留学期间没有一位亲友来探望过他，这个很反常。没准他在战场上误伤过自己的战友，而这位战友可能去世或者重伤，他心里极度内疚、自责，想逃离那个可怕的地方。

如果我的猜测正确的话，他可能还有别的倾向，比如有暴力倾向，他怕别人探究他的内心，也讨厌别人询问他的过往，因为他在过去经历了很多痛苦的事情。但我没法一一把自己主观的猜测告诉这个姑娘，我只能说："他不适合你，尽快分手吧。"姑娘问为什么，我说："你回去后试着问问他的过去，看他愿不愿意跟你聊，看看他情绪是不是激动。"分手时，姑娘要走了我的电话。

这件事我很快就忘记了。大概半年后，我接到了一个陌生电话，诧异间意识到这是在那个火车上偶遇的姑娘。对方跟我聊了一个半小时,大概意思就是我当时的猜测都是正确的,美国男友确实很恐惧别人问他的过去,在她询问后对方暴怒之下打了她,那一刻她才意识到对方很陌生,那一刻她才明白这个男友很可怕,那一刻她回忆起我的话,似乎明白了什么,迅速选择了分手。这时我才告诉对方我的种种猜测,姑娘很感谢我,也很佩服我识人的敏锐。

第三个故事发生在2019年,那时我入选了建国70周年艺术家系列邮票人物,和我联系的是一位在邮局工作的女性,她大概30多岁,离异多年,有一位男友,男友比她大十几岁,两人计划结婚。有一次我无意中听到了他们在讲电话,男方说今晚会回去吃饭,然后又强调说千万别烧洗澡水,冷水就可以了。最后一句话还反复强调了三遍,这让我很诧异。

我问对方:"洗澡水不都是热的吗?谁会喜欢洗凉水澡啊?"她扑哧一声笑了,说对方洗凉水澡已经十几年了,早就养成习惯了,改不了了,一洗热水澡浑身就不舒服,会出红疹,还会生大病。

我听完之后心里咯噔一下,但是什么也没说,不由想起那年去巴西时遇到的一位"宝石掮客",他来自津巴布韦,在中国坐过牢,而且在监狱里养成了洗凉水澡的习惯,出狱之后这个习惯就改不了了,而且一沾热水就浑身不舒服。

由于和她不是特别熟悉,我什么也没多说,只是建议她把对方的这个嗜好跟自己的妈妈聊聊。后来,等她给我送邮票的时候我才听说,本来打算要结婚的两人突然告吹了,告吹的原因是她的妈妈查到了女儿未婚夫的前史,不但有前科,而且坐过牢。于是,家里要求他们分手。

我听完这个消息后明白,自己的判断被证实了,我笑着安慰她几句,这件事就这么过去了,但是当事人从眼神中流露出的感激我一直忘不了。

可能作为普通人,遇到生活中的难题,或者吃了一些生活的亏,大家一般打碎牙往肚里咽,然后自我安慰。但是作为职业编剧,我自认为自己的知识结构层比较丰满,知识面也很宽广,一般的谎言到了面前都会被轻易戳破。

第四个故事,是我给一位邻居出主意,让她女儿上学的费用一下子省了四万。事情是这样的,她是一位单亲妈妈,而且离婚后一直心情抑郁,还得了乳腺癌。在遭遇了身体和经济压力的双重折磨后，她还要面临女儿上小学的事，一般来说，在北京跨区选择小学的话，需要交 8 万元的建园费，可是这位妈妈拿不出来。当时我是她的邻居，她听说我的职业后找我帮忙，问我有没有一些人脉。我说与其求人不如求己，并给对方策划了一本相册，还配上了文字。

与其说是策划，不如说就是把这位妈妈的一些照片整理成一个图片版的故事。一开始是一家三口的幸福合影（配文字：幸福的家庭），然后依次是离婚证的照片（配文字：破碎的生活），乳腺癌手术的照片（配文字：灾难的降临），手术的预后照片（配文字：生活的烙印），女儿两次生大病的照片（配文字：小棉袄的不坚强），女儿母亲节给妈妈画画的照片（配文字：最美的礼物），最后一张是高昂建园费通知的照片（配文字：妈妈的眼泪）。

我告诉对方："你拿着这些照片去找校长，然后告诉他你的困难以及女儿对上学的渴望，接着你看看他的态度，事情应该会有转机。"果然，这位妈妈事后告诉我，她去找了校长，校长看完这本相册后，终于同意减免她一半的建园费。

如果你可以用你的知识去帮助别人，那种喜悦感和成就感是无法用文字形容的。

回想自己这么多年，从一个青涩的学生成长为一个久经沙场的资深编剧，不单单是知识的储备提高了，而且实战的能力也得到加强。这么多年来，我的采访对象累计有5000多人，这些人中干什么职业的都有，我觉得和他们聊天是一件非常愉快的事，既能增长知识，又了解了世界。

记得很久以前采访过一位"树痴"，他唯一的嗜好就是满世界地寻找濒临灭绝的树木，然后花高价买下，接着自己把它运回养起来。我参观过他的园林，里面种了上千种植物，简直就是一个植物园。在采访中，他曾经说过一句话："树是有生命的，移植的时候要尊重它的方向感，如果搞错了，那么它就死了。"

无独有偶，有朋友送给我一株紫薇树，紫薇是双子叶植物纲、千屈菜科，属落叶灌木或小乔木，高可达7米，花开时节，满树飘香，艳丽无比。当把它栽种在土壤里的时候，我忘记了"树木也是有方向感的"这句话，不到一个星期，这棵紫薇树就快死了，要知道一棵好的紫薇树品种，价值上千万。

于是我赶紧打电话，向那位"树痴"求救。在对方的帮助下，我调换了方向，并且移走了周遭的两棵植物，紫薇树才得以存活下来，实属幸运。

这几件事让我很是感慨：生活处处皆学问，课堂不必拘形式。

也许一个三四岁的孩子，一个白发苍苍的清洁工，一个宠物店的小老板，都有可能在某个专业问题上成为我的老师。我愿意倾听，也愿意为一切正确的事情做出改变。

3. 一部电视剧的诞生流程

一部 30 集的电视剧从确定故事创意到最终的电视剧诞生，一般要经历七八道工序。

我一个个展开来讲述。首先是故事创意，它就是一个一句话的简单性的故事梗概，比如一部都市剧，讲述了三对青年男女大学毕业后的奋斗、爱情和生活故事。这只是一个简单的故事创意，还不能拍摄，真正能拍摄的是剧本。故事大纲、人物小传和分集大纲都不能用于拍摄，但是完成剧本之前，第一步要完成的是故事大纲，第二步是人物小传，第三步是分集大纲，最后一步才是 30 集的剧本。故事大纲一般是 5000 字到 1 万字，人物小传大概是 2000 字，分集大纲的每集字数约为 2000 字到 5000 字，剧本的字数每集约 1.2 万字到 1.6 万字。如果电视剧每集按照 45 分钟计算，那么 1.2 万字大约就是一集电视剧的文字体量。

一般来说，电视剧剧本一集里有 40 到 45 场戏，电影剧本一般有 100 到 120 场戏，3 万字左右。如果是一个武打题材的电影剧本，那么字数会少很多。《卧虎藏龙》的编剧曾透露，这个电影剧本很多地方处理起来特别简单，只需要一句话：他们打起来了。而至于每一场打戏怎么拍，那是导演的事情，导演在现场可以统一调度。

在电视剧的拍摄现场一般会出现演员现场和导演讨论、调整剧本的情形；但是电影的拍摄现场是不会出现这种情况的，因为电影的每场戏都是由无数个分镜头组成的，每个分镜头由不同的机位来拍摄，每个机位都有演员的走位，由于分镜头的机位图事先已经画好了，所以如果在拍摄时有某个演员擅自修改剧本，那么当天一整天的拍摄计划就会全部被打乱，而且其他演员的准备工作也会全部作废。

举个例子来讲，比如拍一场汽车追逐戏，最终电影呈现的画面只有 19 秒，可是这 19 秒的内容几乎每 2 秒是一个分镜头：先是一个全景，一条公路上有两辆紧追不舍的汽车；然后是一个近景，两车追尾；接着是对汽车轮子紧急刹车的特写，还有一个特写，是被追逐的男主角紧张表情的特写；最后是再次追逐的镜头，随后出现了枪声，一发子弹射中了汽车轮子，随即翻车，产生爆炸。一组19秒的画面往往是由十几个分镜头组成的，所以要求拍摄现场机器摆放、演员走位准确无误。如果有一个环节出现问题，那么这一系列的拍摄将全部作废。

这个圈子流行着一句话：电影玩导演，电视剧玩编剧。其实就是说电影的灵魂是导演，电视剧的灵魂是编剧。

一部30集的电视剧，其剧本字数约为45万字到60万字，如果加上三遍修改的话，剧本字数可达100万字。这100万字的剧本里面，最少有30个人物，三条以上的叙事线，这个庞大的工作量一般是导演无法完成的。但是电影剧本往往只有3万字，所以基本上每一个电影导演都会写剧本，随后他们会找一个电影编剧帮他们完善。

划重点：编剧除了能驾驭自己的剧本以外，还要了解剧组其他岗位的工作，比如导演、制片人、摄影、统筹等。

那么，一部电视剧的诞生一般需要哪些岗位？一般来说，有出品人、总制片人、编剧、策划、责编、导演、演员副导演、制片人、执行制片人、制片主任、外联制片、监制、统筹、美术、灯光、服装、化妆、道具、录音、剪辑、后期制作等。也就是说，电视剧制作的"三驾马车"是编剧、导演、制片人，接下来是服（服装）化（化妆）道（道具）、摄（摄影）录（录音）美（美术）。

出品人就是一部电视剧的大资方，也是出钱的老板，出品人可以兼任总制片人，也可以不兼任，由出品人聘用一名总制片人。因为出品人可以不是从事影视行业的，可以是做房地产的、做金融的、做矿产、做贸易的，等等。大资方想进军影视圈，可以聘用一个资深的总制片人来替他操盘。制片人的工作，就是完成一部电视剧剧本的拍摄、剪辑、配音、主题曲和字幕制作，以及拿到上星许可证、成功发行等。导演是拍摄现场的司令，演员的确定、摄影的运用、灯光的应用、现场道具的摆放和服装的风格都由导演来决定。

监制一般是由出品人派来的，负责对整个拍摄过程和拍摄质量进行监督。

执行制片人的工作就是执行和落实制片人的指令，拍摄时和制片主任、统筹在一起工作，研究第二天的拍摄计划。

统筹是一个非常重要的岗位，在拍摄时能起到承上启下的作用，统筹一般要做两份计划，一个下雨的 A 计划，一个不下雨的 B 计划，而且要把第二天拍摄所需要的演员、群众演员、道具、场地，以及时间安排全部做成一个表格，然后下发给剧组的每一位成员，以便于第二天拍摄时使用。

美术的工作是搭景、布景、寻找拍摄场景以及改造拍摄场景，其中"寻找拍摄场景"这个工作也由外联制片人来完成。外联制片人，顾名思义，就是电视剧拍摄时一切对外联系的事宜都由他来负责。我个人认为，《爱的迫降》这部剧中的美术做得非常好。

服（服装）化（化妆）道（道具），也是一部戏中非常重要的部分。韩剧在服化道方面可圈可点的地方非常多，《来自星星的你》中千颂伊所穿的服装、用的化妆品，以及包和鞋子就曾因为这部剧而大火。

摄影这个岗位在电影中有着举足轻重的地位，十分重要，有时候甚至比导演还重要。你会看到，有些摄影师在拍了一两部电影之后，会想办法转型为导演，一般来说，摄影师的晋升导演之路都走得不错，有的人的成就甚至都超出了原先与之合作的导演。

一般来说，摄影和灯光这两个岗位是导演团队带的，这两个岗位直接决定了画面的呈现和镜头语言的质量。举个例子，《朗读者》的女主角凯特·温丝莱特有一场内心独白的戏，如果灯光师布光不讲究的话，那么这个身上有罪的女主角的这场戏就会被人唾弃，但是好莱坞的灯光师很聪明，他给了这场戏37度视角的灯光，凸显了女主角忏悔时的楚楚可怜，博得了观众的怜悯之情。

一个好的摄影师擅长寻找能展现男女主角状态的最佳位置，简单的方法是将一束光从一张脸的12点、11点、10点、6点、3点方向依次打到0点位置。依据光束的变化来寻找这张脸最美丽的状态。一般来讲，光线在3点和7点的位置时，是令一张脸最有魅力的角度，但它不是绝对的，因为每个人的脸型不一样，具体操作也不一样。

这里要讲一下"光替"。"光替"就是灯光替身，即拍摄期间替男女主角走位的替身演员，让工作人员更好地确定现场用光。有些镜头要用升降机架上摄影机高空拍摄，机位调整很费时间，而主演可能也没有时间一动不动地在那里等着打光，所以只好用替身代替主演等待机位，高速打光照明。这样才能够拍摄出更好的效果，将最完美的作品展现给广大观众。

许多著名的国际影星都有自己的"光替"，这也是业界熟知的信息。不过"光替"和"替身"是两个概念，不要混为一谈。

剪辑师这个岗位也是一个技术活，剪辑的工作往往被称为"第三次创作"，第一次创作来自编剧，第二次创作来自导演，那么第三次创作就来自剪辑师。著名导演阿尔弗雷德·希区柯克曾让他的剪辑师很崩溃，因为他的剧本节奏感很强、氛围很紧张，剪辑师剪掉了一个镜头，结果往往就发现故事接不上了，这很令人崩溃。剪辑师曾经试着辞职，但是最终被大导演挽留。

后期制作包括剪辑、配音、补录、制作字幕、配乐等一系列工作。后期完成后，它才能算是一个完整的影视作品，才可以和观众朋友见面。

接下来是发行环节和播出环节。制片人会寻找适合自己剧目风格的电视台和网站，双方以合适的价格成交，接着就可以排选一个时间段播出了。

电视剧是一群人的艺术，要求各个岗位的人都精明强干，如果有一个环节出了错误，那么就会造成不可逆的损失。我从业的20多年中，就听说过多起电视剧事故，我在这里就不说剧名了，只说现象。

例如有一部古装剧，服装组长是一个"老司机"，但是她团队的几个成员却比较年轻，经验欠缺。有一场大场面的群戏，当时群众演员有将近200人，结果现场大家却穿错服装了——服装的年代出错了，而且女主角的服装和其父亲的服装也不是一个年代，这就属于重大事故。可是这场戏想重拍太难了，因为重拍必须要把群众演员全部找回来，但这是很困难的，所以这场非常有分量的戏只好被迫删掉了，只能通过画外音或者旁白来进行剧情上的衔接。

电视剧拍摄期间难免会出现这样或那样的错误和瑕疵，比如服装和年代对不上，这也是一个常见的问题。所以修图行业才会那么盛行，它可以迅速地修补拍摄过程中的不足。

划重点：这个圈子有好多因为拍摄出纰漏而导致后期成本增加的现象，所以作为编剧，一定要站好自己的岗。

4. 世界很大，你很有才华

影视圈很神奇，有从靠借钱度日到一飞冲天的故事，也有从一夜暴富到一穷二白的故事，但是更多的人还是坚持自己的理想不放弃，默默无闻地在奋斗着。

我认识的一个导演朋友就是这样，他的故事也堪称传奇，并能给新人以启迪。

刘导是个90后，目前已是四部戏的导演了。说起他的入行经历，实在颇有讽刺性。

他原本在一家广告公司打杂，但是因为效益不好，公司老板拓宽新业务，成立了艺人经纪部，于是招募了许多有着演员梦的"女艺人"。

现在的艺人经济根本不赔钱，因为每一个需要包装的艺人签约时其实自己都要先交一大笔钱。经纪公司就用这些钱给她宣传和包装，正可谓"羊毛出在羊身上"。

但是该公司老板的人脉实在寡疏，到年底了一个机会也没给艺人找到，连没台词的宫女都谈不下来。老板只收钱，而艺人没戏演，于是公司骂声一片，甚至起诉的传票都砸到了他的办公桌上。但是这个老板脸不红心不跳，把这个打杂的小男孩叫进了办公室。

"小刘，想不想当导演？"老总问。

"想。但是我能行吗？"小刘答。

就这样，老板为了怕当被告，赶鸭子上架，使得我这位90后朋友成了一部部微电影的导演。后来他有了自己的公司，也抓了自己的项目，而且混得风生水起。

我的另外一位编剧朋友的经历也很奇葩。2020年初的新冠肺炎疫情把世界都打乱了，我的这个朋友曾把自己的剧本卖给一位老板，但是一直没有投拍，不久前对方把剧本还给了这位编剧，还说"找个好人家吧"。于是，我的编剧朋友在一番兜兜转转之后又拿回了自己的剧本，重新找买家，所幸经济并没有受到损失。

在此之前，两个人之间是有交集的。这位影视圈的老板曾拖欠过编剧一笔稿费，在多次催要无果的情形下，编剧干脆不要了，而当时对方公司也出现了一些问题。三年后，这位老板找到编剧，说："我拖欠你的稿费可以付款了，之前是因为公司财务审核一直没搞清楚，现在可以了。但是我被税务局罚了一笔钱，我的公司资金暂时被冻结，你借我三万元，我把滞纳金交了，一切就都盘活了。"

编剧信以为真，就借给了对方三万元，对方也打了借条，但是几天后对方又消失了，一消失就是两年。鼠年年初，对方终于露面了，说："我要移民了，这个剧本还给你吧，之前公司付的款都不用退还了，拿去找个新买家吧。"

我听完这个故事，内心一阵感慨，其实资方也是人，他也有难处，也有举步维艰的时候，所以和资方相处时，编剧一定要懂进退。

划重点：编剧必须要学会和资方相处，不能抗拒和排斥，也不能完全顺从，懂进退很重要。

编剧这条路很难走,比一般的小说作者难走千万倍,我一路走过来,苦辣酸甜各种滋味都尝过。但是我有自己的坚持,我坚持保持一种健康平和的心态;我有自己的底线,我从未做过"枪手",自己不熟悉的领域不写,没有看过的影视剧不妄加评论,在观看每一部影片的时候,我试图先去肯定它好的地方,然后再去评判它的不足,这样可以使自己始终保持在一个学习的状态。

如何与资方相处,我想用一个编剧技巧来阐述。

在影视剧中有一个概念,叫"一场戏定乾坤",它指的是整部剧中最震撼、最有张力的那一场戏。如果你现在开始留意这些戏,并且加入自己的理解,你会有茅塞顿开的感觉。

比如《亮剑》中有一场非常震撼的戏,李云龙的新婚妻子被日本兵抓了,结果李云龙在选择要妻子还是要国家的当口,毅然选择炸掉日本兵,同时妻子也遇难了……

《钢的琴》讲述了一位没出息的男人与老婆离婚了,女儿给了老婆。他的女儿很喜欢音乐,想有一架钢琴,想探望女儿的男人就号召工友偷了学校的一架钢琴,然后大家量尺寸,用钢板做了一架钢琴,它的音色竟和木质的钢琴一模一样。送给女儿的那一刻,女儿欢天喜地,男人却哭了。

《你是我兄弟》中邓超饰演的马学军卖掉了自己的物流中心，赎回了董洁饰演的花蕾蕾家的大杂院，挽救了迷途知返的她。

《浮沉》里白百何饰演一个卖软件的女大学生，如果她成功卖出这个软件，就意味着工厂有数千人会下岗，最终她拒绝了。

《原罪》中的安吉丽娜·朱莉饰演了一个婚姻骗子，但是当她爱上安东尼奥·班德拉斯饰演的咖啡业大亨时，却执意要喝下那碗毒酒。

《甜蜜蜜》里张曼玉饰演的按摩店服务小姐偶遇了曾志伟饰演的豹哥，她透露出自己不怕对方的黑社会身份，只是怕老鼠。结果第二天曾志伟再次光临，他背上的文身多了一只老鼠，张曼玉立刻眼眶含泪。

"一场戏定乾坤"是一部剧的灵魂所在，这就像你和一个资方相处，对方的生活环境不一样，性格不一样，出身不一样，受教育程度不一样，他赏识和喜欢的题材很可能不一样。你如何在极短的时间内与其合拍，这就意味着你需要找到他身上那个可以"一场戏定乾坤"的地方，然后才能事半功倍。

我喜欢危机这个词，危在前，机在后，机藏在危里，没有危，就没有机。如果你想做一名好编剧，那么危机会一直伴随着你，你所要做的就是把危变成机。

在转危为机的过程中，我希望大家注意两件事：提高审美和保持心态平和。

提高审美很重要，如果让我举例什么是生活中的审美，我可以简单告诉大家两个小窍门。

如果你想让自己短时间变得很美，最简单的办法是调整你的头发和皮肤的状态。如果你的发质不好，那么你最好增加发量和改变发色；如果你的肤质不好，你最好调整一下你的肤色，肤色的改变会大大弥补皮肤状态的先天不足。

换做一部电影，也是一样的道理。如果你的演员阵容不强，那么你最好在音乐、摄影、造型、后期剪辑上下功夫。如果你的演员阵容很强，那么你最好在故事的流畅性上下功夫，这样观众可能就会忽略其他地方的平庸。在丢失了四五项优势的情况下，还能保持一部电影的美感，这很重要。

此外，对于一名编剧而言，扩大眼界去触摸世界对于创作也非常有必要。

2013年，我跟着"宝石猎人"阿桑去了巴西和摩纳哥，不是去旅游，而是去碧玺的出产地采风。这一趟出行让我结识了阿桑的另外几位朋友，每一个人的身世都颇为传奇。

巴西是一个热情豪放的国家，在南美洲，好像每个人都会载歌载舞，大街上、酒店里、冷饮店内，你都可以看见一边扭动腰臀一边工作的男男女女，郁闷的心情立刻消散瓦解。

在里约热内卢的伊帕内玛海滩上，游泳和享受太阳浴的人像点点星光一样散在海滩的各个角落。巴西生产碧玺，这里的宝石交易一般不选择在显眼的地方，而选择人烟稀少的地方或者海底交易。

记得第一次见证海底交易时，现场非常震撼。两位"宝石猎人"穿着潜水服背着氧气瓶潜入深海，在海面下两三千米的地方进行宝石交易。将交易的红宝石或者碧玺粘在一个贝壳里面，硕大的贝壳被打开的瞬间就会露出美轮美奂的宝石，这个场面令人震撼。

那次，阿桑一行人中有两位经历特殊的朋友。一位是曾经参过军的比昂，一个三十七八岁的美国人，他退役之后没有选择其他职业，而是做了"宝石猎人"，因为他觉得很神奇，也很刺激。我们用英语交流，虽然有些吃力，但是不耽误沟通。他告诉我，全世界的宝石交易有三个要件：宝石、美金、枪支。所以，像他这种有着持枪经验的人很受这个行业的欢迎。在闲聊的过程中，他还给我讲述了很多海军陆战队的故事以及美国雇佣军的一些待遇，比如他们的待遇每年都会提高，而且退役后可以选择任一所美国的大学深造。他还告诉了我很多有关美国监狱的秘密，这是很多文学作品中都没有提及的内容。

划重点：知识是什么？知识是用来干什么的？知识不是用来考试的，也不是用来炫耀的。知识是好的，至少当别人欺负你的时候，你可以用它四两拨千斤地去战胜对方。这就是知识的力量！所以，编剧要时时刻刻扩大自己各个领域的知识容量。

还有一位来自津巴布韦的劳恩，也让我印象极为深刻。他是一位胖胖的50岁左右的留着大胡子的大叔，混血，妈妈是中国人，爸爸是津巴布韦人。此人经历比较复杂，他的青年和中年时期都生活在中国，从事过十多种职业，还在中国坐过牢。我问他因为什么事坐牢，他不答，阿桑不让我问，可能涉及隐私吧。

总体而言，我感觉做"宝石猎人"的人涉世都很深，社会关系复杂，从事的领域也需要个人有着超高的专业技能和过人的胆识。总体来讲，他们的经历满足了一个编剧的好奇心和涉猎心。

在和劳恩聊天的过程中，我了解到一个细节，就是监狱一般只给犯人洗冷水澡，不会提供热水。所以这么多年，劳恩出狱后还一直保持着洗冷水澡的习惯，一时半会改不过来。如果洗了一次热水澡，他立刻会浑身不舒服，皮肤会出红疹。当年这个聊天的信息并未被我在意，没想到日后它会帮助到我的一位朋友。

这些点点滴滴的闲聊和采访，都被我深深记下。随后我就用从这次采访中得到的信息帮到了我的一位邻居和那个在火车上遇到的女孩，事后她们都对我表示感谢。同时我也把这两个人物的故事写进了《苹果遇上梨》的剧本里，得到了资方的一致认可。

划重点：丰富阅历可以让编剧的创作生辉，并且可以让你更好地融入社会，这样你创作的人物也会更接地气。

我很喜欢自己的职业，我觉得当编剧是世界上最幸福的事。我拥有自由的时间，自由的灵魂，写出的东西可以歌颂善良，可以帮助弱小，也可以描绘人世间的温暖与丑恶。它还有丰厚的回报，可以让文字有尊严，可以成为国家与国家之间沟通的桥梁，甚至成为留给下一代的精神食粮，警醒世人。

所以，我热爱我的职业。

世界上只有一种英雄主义，就是看清生活的真相后仍然热爱生活。这是罗曼·罗兰的名言，也是我对个人编剧生涯的最好总结。